MATTHIAS HARTJE

Das Gespür der Zeit

Sich dem widersetzen, was nicht lebt

Impressum:
© Matthias Hartje, 2016
Covergestaltung: Matthias Hartje/Müjdat Tunci
Autorenfoto: Matthias Hartje
Lektorat: Rainer Stecher
ISBN: 978-3-7412-2684-7
Herstellung & Verlag
BoD – Books on Demand, Norderstedt

Gewidmet
Erol Demirtas & **Francisco Cienfuegos**

Ein Versuch sich dem zu beugen, das nicht mit dem zu tun hat, was du als eine Illusion ansiehst. Alles was du siehst gehört dir nicht. Dein Bewusstsein macht das Betrachten dieser eigentlich nicht vorhandenen Illusion erst möglich, und es will dich mit der Vorspiegelung dieser Unwirklichkeit prägen. Das könnte man als „Drama" bezeichnen.

> Erinnerungen wollen in dir Ängste erzeugen, die aus deiner Vergangenheit stammen. Akzeptierst du diese Ängste, werden sie dich sättigen und zu der Erkenntnis führen, dass sie dir gehören.

Inhaltsverzeichnis

Ich – Du – Liebe	09
Zeichen setzen	12
Einsamkeit	21
Die Idee mit der Musik	26
Wer ich wirklich bin	32
Ein Eiskristall	36
Mag sein	39
Nachdenkliches	45
Es sind die Sterne	48
Armutszeugnis	51
Demut	55
Dankbarkeit	58
Ebenso	63
Leben	69
Dem Leben zu trachten	74
Ankommen	78
Poesie im Rausch	81
Bedenkt	87
Nur der eine Kuss ist geblieben	94
Geschichte	97
Süchte	103
Die Hand zu geben	106
Ich kann es in mir aufrufen	107
Der letzte Satz	110
Sehnsucht	112
Blockaden	123
Liebes Kind	126
Die Schuldfrage klären	129
Es fehlen mir die Worte	133
Der alte Maler	138
Gebe	185
Eine junge Frau	189
Buchempfehlungen	202

Ich – Du – Liebe

Ich werde dich malen, dich beschreiben, weil du nicht in der Lage bist, deine Gefühle zu bewerten und diese Fähigkeit auch nicht bekommst. Denn ein Gefühl zu bewerten verlangt von dir, dich so wahrzunehmen, wie du dich gerade fühlst. Und wie ist dein Gefühl jetzt? Ist es gut? Ist es schlecht oder würdest du die Bilder an der Wand alle herunterreißen? Du kannst es machen. Du hast die Fähigkeit dazu. Und wenn dir diese Fähigkeit bewusst wird, könntest du vermutlich dein Gefühl beschreiben, das in dir lebt. Und du könntest deine innere Stimmung wahrnehmen. Egal welche Gedanken um dich herumschwirren, um zu begreifen, weshalb du fähig bist, ein Gefühl in Wut umzuwandeln – diese Umwandlung prägt und beschützt die Güte, die in dir das Gefühl erzeugt, das du da bist.

Ich werde dich beschreiben – auf der Haut, die das Alter nicht erkennt –, wenn die Narben die Geschichte erzählen, wenn die Prosa dich beleuchtet und dazu aufruft, den Schein von Betrug neu zu definieren. Aber dein Gefühl bleibt am Felsen haften und du kannst die beschreibende Gravur deines Gefühls nicht deuten. Kein Halten ist dir gegeben, um den Sinn zu erfahren, warum du auf dieser Welt bist. Ist es ein Geschenk oder der Zwang, der sich der Natur beugt? Ist ein Gefühl in der Lage, dein Denken soweit zu beeinflussen, dass du dir als Vogel vorkommst, der davonfliegt?

Du kannst dich nicht daran erinnern, dass dein Gefühl am Leben war. Du kennst die Welt nicht, wenn das leblose Fleisch im Licht den Tod begrüßt. Du hast nicht die Gabe dem Gefühl zu folgen, wenn es dich formt, wenn es dich wahrhaftig berührt, um dem zu entkommen, der deine Angst besitzt. Und doch ist das, was dich ausmacht, nicht zu erklären. Es ist nicht erklärbar, warum dein Gefühl plötzlich deine Geschichte beschreiben will. Du kannst nicht wissen wie ein Wechsel zwischen Euphorie und Traurigkeit vonstatten geht, ohne dein Gefühl anzugreifen.

Ich werde dich sehen und dir im Bild das geben, was du nie für möglich gehalten hättest. Ich werde genau die Augen malen, die mich von deiner Angst trennen. Auf jeder Falte der Lebenserfahrungen deiner inneren Handflächen werde ich entlang fahren, um dir bewusst zu machen, dass ein vergangenes Leben nur der Illusion angehört. Sie ist nicht mehr da, auch wenn du die ausgestreckte Hand jenem reichst, von dem glaubst zu bekommen, was dir nicht gehört. Kein Kompromiss, kein Deal würde dem standhalten, was dein Gefühl für eine Angst in dir entfacht. Und das ist nicht zu begreifen, denn dein Gefühl nimmt nicht das wahr, wozu du eigentlich in der Lage wärst zu akzeptieren.

Ich begreife dich und akzeptiere die Vergangenheit, in der du dich befindest, denn dein Gefühl kann nicht beschreiben, wie du mich siehst und wie ich dir meine Hand reiche. Ja, ich sehe dich nicht. Es ist nur ein Gefühl zwischen uns, damit wir denken, es gebe etwas Beschreibbares zwischen uns. Und wie würdest du beschreiben, was nicht da ist? Ich werde dich malen, um deiner Erinnerungen das zu geben, was du nie besessen hast.

Liebe – Du – Ich. Etwas anderes gibt es nicht, das ein Gefühl akzeptieren kann.

Zeichen setzen

Einer Begebenheit war es zu verdanken, dass ich einem „Ruf" folgte, den man einem Meilenstein gleich wie auf einem Zentimetermaß abmessen konnte. Zwei Millimeter waren der Abstand zwischen der Wirklichkeit und der absurden „Geometrie" von Wut und Chaos. Der Umstand, dass die feinfühligen Empfindungen in mir in Rätseln auferstanden sind, war für mich ein Wink Gottes, seiner Aufforderung nachzukommen. In Gedanken sah ich die bereits fertig geschriebenen Wörter, die letztendlich das sinnlose Gerede von Geben und Nehmen im Lebenszyklus widerspiegelten. Am Rand meiner Katastrophe hatte ich keine Ahnung davon, dass die Gesetze der Anziehung eine Ebene bedienen, die zu keiner Zeit irgendwie zerstört wurde. Das leere Gerede, die Welt morgen zu retten, war in der Langeweile gefangen. Je mehr ich mich ihr annäherte, umso mehr war die innere Einheit in mir mit Unruhe gesättigt. Kein Wunder, wenn das Fundament unter den Füßen zerbröckelt. Ich war daher nicht in der Lage den Krieg aus meiner Seele zu treiben. Was mich Antrieb war nicht den Sieger in mir zu suchen, sondern die prekäre Situation zwischen Angst und erbärmlichen Depressionsneuronen aufweichen zu müssen, damit ein Sehen, Hören und Aussprechen möglich wird.

Ich glaube, hier war eine Nahtstelle zu finden, die ein Bild der Unzufriedenheit offen legte. Mehr noch. Es war nicht die Nahtstelle, die mich für den endlosen Schmerz sensibler machte, nein, es waren die „Alten Denker", die mich vier Jahreszeiten lang begleiteten. Mit Höhen und Tiefen. Mit Wahrheit und Selbstbetrug. Zwischen einer Tageszeitung und einer Bibel und einem Thema: Wie kann ich überleben, ohne dem Sturz zu verfallen? Diese Frage sprengte meine Fantasie auseinander. Ich dachte, den „Alten Denkern" meine Hand reichen und abwarten zu können, was kommt. Diese Frage niederzuschreiben, darum hat keiner Bange, denn das Verlangen dem Sinn des Lebens nachzugehen, kann nie verkehrt sein. Und doch sind die Leitgedanken von „Leichtsinn" und „über Grenzen gehen" regelrecht in den Hintergrund gerückt. Beide Motive sind es, die meine Wurzeln zerfressen und es mir unmöglich machen die Fröhlichkeit aufzusuchen.

Immerzu ist der Straßenlärm gegenwärtig. Geschosse fliegen durch die Luft und die Flucht aus der Vergangenheit beginnt. Stressunterkühlte Motive belagern meinen Strom der Ruhe und ich kann die Blumen vor dem Aufblühen nicht sehen. Überall lagern Streit und Zank. Haltlos werden die Leichen auf den Feldern erneut nur zugescharrt. Keine Zeit zum Stillstehen. Ein Rückblick ist nicht mehr so wichtig. Die Zuneigung verfehlt den Moment. Sie mag die Unverdrossenheit nicht mehr stimmig machen. Keine Einheit ist möglich. Die Wende ist brüchig, bleibt kalt verformt.

Was ist geschehen? Warum ist die Farbe schwarz jene, die den Weg der Härte zeigt? Was ist in der Veränderung nicht wahrzunehmen, wenn ich in meine Vergangenheit zurückblicke? Ist die Blindenschrift nur dann zu lesen, wenn das Licht der Sonne sich dem Schatten unterwirft? Schmutzige Umrisse umgeben meine zerpflügten Wege, die ich vor mir sehe. Es wellt sich unter meiner Haut. Erschreckend winzig ist das Ja zum Leben. Und großformatig an die Wand gepostet das Nein.

Ich male ein Bild und ein schwarzes Loch entsteht. Es begrünt die Weinstöcke, die den Wein wachsen lassen. Eine Bitterkeit, ohne die Süße aufzurufen. Was für ein Jahrgang? Sollte ich hier die Wende zeichnen, die einen Götzen neu entstehen lässt? Oder ist es nicht an der Zeit, sich den Teilen zu widmen und der Armut unter meinen Füssen die Zeichen zu hinterlassen? Zeichen, die meinen Bedürfnissen gerecht werden – also sich einer zitterigen

Zukunft zu widmen, um so die Gerechtigkeit neu zu erfahren? Aus der Talfahrt entsprungen. In rasender Fahrt haltgemacht. Aus dem Zug der Angst entflohen. Dem Antlitz im verkohlten Holz hinter lassend und den Staub der Traurigkeit anerkannt. Darf ich aus der Substanz von Chaos den „Alten Denkern" den Wink geben, der nur das eine ausspricht. – Wohin? Wohin ist das Buch hier mit mir gegangen? Und was geschieht mit mir, wenn ich es lesen kann? Ist mein Verstand nicht fähig die Brücken zu mir selbst zu bauen? Wenn ich den Pfeiler nicht sehe, dann lege ich das Buch wieder fort, dann ist die Zeit noch nicht reif und es braucht Zeit, dass ich die Erfahrung noch mache. Und wenn in mir eine Musik erklingt und mich befähigt, die Melodie weich in meine Handschale zu legen, so halte ich sie nicht fest, denn sie wird gehen wollen, wenn Zwang und Druck sich entschließen mich zu umarmen. Fühle den Zustand! Schweige und gib der Sehnsucht in mir Raum, nach dem zu trachten, was nicht lebt.

Auch diese Begebenheit bringt es an den Tag, der mir mit Motiven von leichten unbeschreiblichen Nuancen erzählt, die eine Wiederkehr aus der Angst unumgänglich macht. Es war ein Bluff, mit dem ich meine Gedanken füttern wollte, nur um mich zu beruhigen. Dabei war die Wut mit seinem äußerst treuen Nachbarn Hass immer an meiner Seite und beflügelte mich dem zu entrinnen. Nur der Sonne habe ich es zu verdanken, dass aus meinen Gedanken kein reales Bild entstehen konnte. Und ich finde es angebracht, hier an diesem Punkt weiter zu machen, denn jetzt spüre ich, wie wichtig ein Vorwort ist, das die Symptomatik definiert. Dabei verschwimmen vielerorts die schönen Momente des Lebens, des Verliebens, der Liebe. Was aber ist, wenn die Verzweiflung an dem Augenblick naschen möchte, da das Gefühl in einem sagt, lass es zu, berühre mich und gib dem Ort den silbernen Boden zurück? Wenn der erste Kuss bevorsteht und die Dialoge nicht erkannt werden, wie ein Fluss seine Strömung wahrnimmt, und wenn die Lippen sich kurz davor gegenüberstehen – was für eine energiegeladene Energie verführt die Herzen in diesem Augenblick? Ist die Nähe dann doch eine Gefahr, die die entfremdete Musik nicht wahrnimmt? Mehr noch. Ist das verliebt sein dem inneren Kind gegenüber ein ähnlich gewachsener Moment, der den Gleichklang des Raumes wahrnimmt? Würde in dieser Stille die Angst das Ruder übernehmen, falls die Gedanken das ablehnen? Oder erzeugen die großen Generatoren der inneren Kraft einen Strom, der ein buntes Bild im Universum aufzeichnet?

Ich muss hier einen kurzen Stopp einlegen, denn meine Äußerungen zum verliebt sein setzen eine Idee in Gang, die mich daran erinnert, wer ich bin. Es ist ein wahnsinniger Gedanke und kaum zu begreifen, dass die Wut und der Hass niemals solche Ideen entwickeln können. Ich möchte begreifen, warum nur ich meine Ängste berühren kann. Ja, es ist wird kein Vorwort mehr sein. Ich begreife, dass dies die erste Geschichte sein muss, um zu erfahren, welche Musik mich an welchem Tag berührt. Schlimmer noch. Die Dramatik zu begreifen und wahrzunehmen, woher die Ursachen meiner Launen rühren? – Oh, mein Gott! Dabei ist die Geschicklichkeit, seine eigene Sprache zu verstehen, gar nicht schwer. Und dennoch baut sich Widerstand in mir auf, der dem Vulkan die heißen Lavaströme bereits vorgibt, bevor er ausbricht. Dem weißen Papier damit vorzubeugen, dass ich die Druckerschwärze nicht benutzen möchte, würde heißen, meine Stimme nicht wahrzunehmen, um dem Wort das Kleid zu schenken. Das Drama geht somit in den zweiten Akt, und ich könnte das Paradies stückweise einsehen. Aber nur stückweise. Das Geheimnis unterliegt einer Hoffnung, von der ich keine Ahnung habe, wie sie mit einem umgeht. Ich weiß nicht mal, ob ein verliebt sein das möglich macht, was ich nicht mag. Oder anders geschrieben, wenn ich eine Frau sehe und mich darauf beschränke nur einen Apfel zu erwerben, was würde der Apfelbaum im Frühling dann machen? Begrüßt er mich mit einer Blüte, die eine Biene herbeiruft, um sich befruchten zu lassen, um das Summen wahrzunehmen, das beim Anflug der Biene verursacht würde, oder müsste ich den Himmel bedecken und die Kälte herbeirufen?

Ist es nicht gerecht den Gedanken so zu formulieren, um eine gerechte Antwort zu erhalten? Würde der Zuwachs von zusätzlichen Emotionen die Einsamkeit geringer werden lassen? Ich glaube nicht. Die Einsamkeit trinkt bereits an der Quelle meiner Gedanken. Sie wäre es, die mein Ruder übernimmt, um das auszusprechen, was die Zeit nie hergibt. Zeit, die meinen Willen ortet. Zeit, die meine Ruhe findet. Zeit, die mein Ich beschreibt. Zeit zu finden, um zur nächsten Geschichte überzugehen.

Es könnte wahr werden, wenn ich begreifen würde, dass meine Illusionen nicht die Probleme lösen, wenn ich wüsste, wie ich leise Musik auf das Aquarellpapier zeichnen muss, um dem Sinn meines Lebens einen festen Boden zu geben. Denn eines ist mir klar geworden; wenn ich diesen Band schreibe, überhole ich mich selbst und beginne dort, wo ich die Welt in einem anderen Licht gesehen habe. In einem Licht, das eigentlich keines war. Um es richtig zu sagen: Meine Erfahrungen sind an dem Punkt angelangt, wo ich meine Vergangenheit sortieren muss. Und diese Vergangenheit lässt keine Gnade zu. Sie würde dort einschlagen, wo ich es nicht vermuten und meine kindliche Eierschale zu Bruch gehen würde. Dabei weiß ich nur zu gut, dass meine prägnanten Verletzungen im Bauchbereich die Schmerzen verursachen, die ich all die zurückliegenden Jahre unter dieser Eierschale stets verdrängt habe. Und jetzt wird es interessant mit dem Gedanken eines Vorwortes, sodass ich es doch als Vorwort stehen lasse.

Es lohnt sich, seinen Namen aufzurufen und diese fragile Welt hinter seinem Rücken hervorzuholen. Es sind nicht wahrhaftige Sonaten, die zu einer Welthymne werden sollen, sondern wehleidige Strophen von einem Lied, dessen Melodie in mir eine unbeschreibliche Angst erzeugte. Und daher ist es sinnvoll gewesen die Motivation aufzurufen, die mit der Langeweile nichts zu tun hat. Gerade die Langeweile war es, die mich immerzu daran hinderte, ein Buch oder ein Gedicht zu schreiben. Der Gedanke daran rief zunächst eine erschreckende Nervosität in mir wach. Schließlich wollte ich aus purem Verlangen mit einem Gedicht zum Ausdruck bringen, wozu ich eigentlich am Leben bin. Hinzu kommt, und das möchte ich dick unterstreichen, dass ich spürte, dass den Büchern und den Geschichten der unzähligen „Alten Denker", die mich berührten und die mich sahen, eine eigene Welt zugrunde lag. Eine Welt, die ich nicht akzeptieren wollte. Der Widerspruch, etwas zu Geben um zu Nehmen, ist einseitig und bedarf einer Klärung, einer Dankbarkeit zu dienen. Ja, einer Dankbarkeit, die eines aussagt –, dass die königliche Dankbarkeit in der Lage ist, ein Teilen zu lassen. Teilen geht mit der Grundlage einher, jedem die Hand zu reichen, um das soziale Umfeld zu spüren. Ein friedfertiges Veto widerspiegelt diese Vermutung des Teilens und dient als Fundament des Lebens. Die materialistische Macht, die das Ungleichgewicht in die Seele legt, wird Unruhe schaffen. Erörtert und unterlegt mit Wut, mit unbeschreiblicher Willkür und Hass, der in winzigen Nischen darauf wartet, das Spiel endlich zu beginnen. Dominantes Schaffen von unerklärbaren Definitionen, die stets die Schuld beweisen möchten, ist auf vielen Bühnen zu sehen. Die Kräfte aus dem inneren Kern strömend verkalken unter den Fingerkuppen und die Kreaturen draußen auf den Straßen vegetierend erwecken den Eindruck, dass sie die Dankbarkeit aus Absicht vermeiden, nur weil die Angst ihnen im Nacken sitzt.

Das Wort „Teilen" verarmt am Tage, und ich sehe die Moleküle von ständigen Verbesserungsvorschlägen, wie man die Welt verändern könnte. Die Ideen kreisen die Inseln der Liebe ein, und ich habe den Eindruck, dass diese Inseln vertrocknen und so die Dankbarkeit außen vorlassen. Das sinnlose Gerede von einer Utopie mit einer angeblichen Zusammenkunft übergeht kalt, verhärtet und nichts ahnend jeden Vorsatz des Nachgebens. Nachgeben? Was für ein weiches Wort. Ich könnte das Fenster öffnen und die frische Luft des Nachgebens in den Raum strömen lassen. Doch wo ist der Beweis, dass Teilen zu jedem Zeitpunkt möglich ist?

Die eigenartige seltsame unbegründete Armut, die sich am Rande von Krieg, Streit und Machtkämpfen leise ansiedelt, erobert kein Reichtum, die sich mit Fantasie verbindet. Die ausgesprochenen leisen Worte verwöhnen den harmonischen Tee der Zwietracht und geben Anlass zum Abgeben, Teilen, Aufteilen, Kooperieren, Umarmen, Anbieten und zum Wachsen, um angenommen zu werden. Hier liegt der kleine Schlüssel, der zu einer alten Truhe gehört, welche die Dankbarkeit aufbewahrt.

Ich kann sagen, dass ich diesen kleinen Schlüssel des Öfteren gesucht habe. Es ist stets ein schöner Moment, hier zu verharren und zu schreiben, wie wichtig das Teilen in der heutigen Zeit ist. Mehr noch. Ich schaue heute durch ein schmutziges Fenster, das mit Gewalt und Flucht befleckt und ein Durchkommen nicht möglich macht. Ich kann nicht mal die Hand reichen, um den Arm des Geflüchteten zu berühren. Die Zeit wechselt ihre Jahreszeiten zu schnell, und es betrübt mich, dass die Grenzen der Stille im Raum verwischen. Es macht mich wahnsinnig darüber nachzudenken, wie man dieser hektischen Welt Einhalt gebieten kann. Ist die Vernunft der fehlende Puzzlestein, aus der die ganze Beherrschung seine Obhut bekommt, oder ist das Teilen verlernt worden, um ein Ziel zu erreichen? Die Zeit rennt mir davon und ich kann darauf nicht warten, bis die Menschen den Hass so vereinnahmen, dass die kleine Insel der Liebe nicht mehr gefunden wird. Ich muss ein Zeichen setzen.

Einsamkeit

Sie beschenkt ein Motiv.
Ein Wahnsinn von Güte,
die die Tore verflucht,
die gnadenlos abwählt,
kalt verdrängt,
grandios besiegt,
leichtfertig verfehlt
und ohne Grund löscht.

Mag sein, dass existiert,
was das Ego sieht,
dass es berührt,
was nicht lebt,
dass es den Sinn begrenzt
in seinem Geiz:
fortlaufend,
immerzu,
endlos.
Doch aus der Ferne gesehen
verblasst gern das Wort,
das den Blickpunkt wählt.

Ich mag den Widerspruch,
der die Lippen verbrennt
in einem Zug,
auf die Schnelle,
in der Hast,
im Kirschkern –
genau in der Mitte,
wo die Nähe dem Sehen folgt.

Der den Nebel liebt im Dickicht,
der das Chaos spendet und
verbunden ist mit dem Schmerz,

der nach unten gezogen wird,
allein gelassen,
der fühlt es bewusst,
der zählt die Sterne am Himmel.

Was kommt, prägt das Alte ein.
Wer weint, der kommt.
Wer lacht, der schreit.
Wer wagt, wird nicht reif.
Wer ruft, der mag die Schuld,
den frisst der Tod,
der wirft das Tuch,
zerfetzt sein letztes Hemd.
Gestillt und wahrgenommen,
lässt die Wut rufen.
Es ist der Gehängte, der Verlierer.
Erst einer, dann sind es viele.

Wer die Mühe befreit,
ist nah dran zu lieben.
Der Grund fehlt,
verglüht am Kreuz,
verrät sich selbst.
Dankt dem, der die Tränen mag!

Der den Nebel liebt,
dem wird die Grenze offenbar.
Der Zug nach „Nirgendwo"
nennt seinen Namen nicht.
Schuldig ist, wer das Ende mag,
das gebrochene Leid –
gemäß dem Glauben,
zu richten,
zu ahnen,
zu träumen,
der Bitterkeit mutig zu frönen.

Der Rest der Illusionen
verbrennt den Leib,
verspottet das Glück,
verkauft das Licht
mit Gnade im leeren Fass
und mit Reue am Ende,
wie ein Kelch ohne Wein,
ein Segen ohne Sinn.

Es bleibt, was nicht glaubt.
Es kommt, was nicht lebt,
was dir gegeben,
was dir wiedergegeben
mit Mahnung,
mit der Stille im Verbund.
Verhungert am Rand ist die Hülle,
die der Leib sein Eigen nennt.

Gedankt sei dem Verlassenen,
dem Ausgeruhten,
der sich dem Verbot verbunden fühlt.
Der dem Dreck als Freund nahe ist,
der im Spiegelbild die Risse wählt.
Denn der das Unvermögen beschreibt,
ist in der Einsamkeit nie in sich vereint.

Verloren ist sein Sieg, zurückgeblieben.
Der Hass ist vor dem Morgen
demutsvoll gebeugt, von Tränen gerührt,
weil das Elend nicht mehr liebt
und weil die Wut entlässt,
was hinter der Kellertreppe versteckt
und von schwarzer Farbe wird beschaut.

Leere Phrasen ohne Leid,
gestärkt von Mut, Verlassenheit
und mit Heiterkeit bedacht,
aus dem das Lachen einst entwich,
verhungert vor dem Altar,
der das Alte liebt,
der das Vergangene nicht erzählt
und die Reue nicht mehr mag.

Im Rausch das Gleiche mögen,
das sich bindet mit der Angst,
das mit der Hoffnung stets verglichen wird?
Oh nein! Man ruft das Jetzt,
welches die Einsamkeit benetzt!

Oh weh! Was ist geschehen?
Bin gewillt den Ruhm
nicht mehr zu teilen,
der meinen Verstand sprengt,
auf die Hälfte reduziert.
Verzicht ist ein guter Grund.
Ich war ein Vagabund.
Was ich noch zu sagen hab,
das ist nie geschehen.

Die Idee mit der Musik

Ist das zarte begehrenswerte Wort von jener Art unbeschreiblicher Musikimpressionen, die meine innere Schwäche verstärkt oder gar den Zweifel anzieht, der meinen Geist befremdet? Ich höre den Klang der Töne heraus, dich mich für den Begriff „leichter Wahnsinn" verführen. Ich bin ein Zuhörer. Ein Knecht, der die Reinheit von unnahbaren Notenschlüsseln so erlebt, dass er nicht begreift, was der Ton einer Saite in ihm entfacht. Unwillkürlich nehme ich den Klang so wahr, als müsste ein Diamant sein Funkeln aufgeben. Dabei ist die eigentliche Bedeutung, warum die Musik mit seinen Tonabläufen ganz zart wahrzunehmen ist, nicht mehr wichtig. Ich höre den Ton und möchte vage bezweifeln, dass nur die Musik dazu in der Lage ist, das auszudrücken was nicht auch mit Worten beschrieben werden kann. Die Melodie entfremdet sich dem Wort, um sich bei der Verletzbarkeit umzusehen, wie ausdrucksstark ein Lied sein kann. Mehr noch als ein Buch und weniger als ein Bild? Ich breche hier eine Lanze für den Notenschlüssel. Gewaltig erklingt der Ton, wenn man über die Seite eines Cellos streicht.

Das reicht! Ohne ein weiteres Wort dazu zu sagen. Hier entsteht die Erfahrung des Zuhörens. Entzückt und befreit ist mein Empfinden. Als die Töne ihren freien Lauf nach draußen fanden, tauchten vor meinem geistigen Auge unendlich viele Bilder aus meiner Vergangenheit auf, die ich nicht beschreiben möchte. Ich übe Verzicht. Ich erhasche den Witz aus einer sehr alten Zeit. Den zentralen Gedanken förmlich in guter Stimmung aufzufinden, ist sehr schwierig. Möge das Salz meiner inneren Zerstreuung den breiten Weg der Freude verflüchtigen. Es würde ein Geschenk entstehen, wenn die wenigen Zutaten meinen Erfahrungen gleichkämen und dem Zugeständnis mehr Raume geben würden. Ich empfinde es als

Bereicherung, den Zustand von Traurigkeit umzukehren und die Leichtigkeit hervor zu locken. Aber ich spüre hier einen Widerstand. Einen Widerstand, der die leeren Gedanken aufspürt, um den desolaten Zustand meiner Unsicherheit abzufedern. Jeder Ton eines Cellos lässt den Gedanken der Unvernunft vibrieren; ich verfalle dieser Musik mit jedem Ton mehr. Tief in den versunkenen Städten, die meinem Krieg aus der Vergangenheit den Weg zuweisen, werde die ewige Schuldfrage klären müssen. Um den Begabten zu huldigen, würde ich den ehemals verloren geglaubten Märchenerzählern die Schlüsselerlebnisse neu definieren lassen. Es ist wichtig, um deren Erkenntnisse über die Geschichte richtig einzuordnen. Die gelesenen Kapitel erzählen dem abgedankten unerfahrenen Knecht, der nichts über mich weiß, dass mein Leben in einer Hierarchie verlief, von der ich keine Ahnung hatte, dass sie in mir lebte.

Ich höre das punktuelle Argumentieren meines inneren Echos, das nicht jener Wut in mir entsprach, als ich in der Kindheit dem Traume nahe stand und doch keine Erfüllung darin fand. Ist die Musik der abgesprochene Code, den ich verstehen könnte? Ich glaube zu wissen, dass gerade dieser Traum die Töne des Cellos nicht bewusst wahrnimmt. Wozu auch? Es wäre ein Moment des Nehmens, und der Verzicht würde seinen Weg zu mir finden wollen. Und doch, die Klänge spalten meine Gedanken und geben dem süffigen Sulfat der Schöpfung die keine Freigabe, alles in mir zu akzeptieren. Und wenn die Klänge der Euphorie im Chor der Einsamkeit erklingen, dann werden die Kerzen am Straßenrand im Windstrom darum bangen müssen, nicht ausgelöscht zu werden. Doch die Musik unterliegt Gott sei Dank nicht einer gebrechlichen Unordnung. Die Zeit der Verwöhnung unterliegt dem „Schattendasein", welches ich nie gefühlt habe, um den aufgesetzten und geforderten Bedingungen zu folgen. Und doch ist der hohe Ton, der mich ständig verfolgt zu keiner Zeit so nahe, um die innere Angst zu drosseln. Nicht mal ansatzweise ist die Resonanz des Widerstandes so hoch wie vor der Eröffnung eines Konzerts. Der Dirigent, der einst die Maske eines Schöpfers in sich trug, wagt es nicht auf dem Notenpapier einen einzigen Notenschlüssel wegzuradieren.

Kein Paukenschlag würde die Erde in Stücke reißen, nur weil die Ideen, den Komponisten auf leerem Untergrund stehen lassen. Der Saal nimmt tatsächlich die leisen Stimmen der Zuschauer auf. Der Dirigent zuckt mit dem Stab in der Luft umher, um sich bewusst zu machen, was es bedeutet, den Geschmack des destruktiven Denkens von mir zu erfahren. Die Blicke der Zuschauer werden den Boden nicht berühren können. Ja, sie begeben sich in eine Trance von Isotopen der Arroganz, die mit keiner irgendwie gearteten Freundlichkeit standhalten könnte. Und das angesehene hübsche Modell, das auf der Bühne langsam eine Tür öffnet, wird nicht mehr gefragt, ob die Kindheit ihr nur Gutes angetan hat. Die Finger auf dem Klavier und das Cello werden einen Zustand der sinnlichen Harmonie herstellen. Der Höhenpunkt einer Melodie ist nicht nur das Hören eines zarten Streichens über eine dünne Haut – sprich: Celloseite. Oh nein! Mehr noch. Der Impuls, der sich mit den Schwingungen der Resonanzen einer ungeahnten Körperkraft verbindet, lässt einen wuchtigen Donnerschlag aus dem Schlagzeug zu und weist der Melodie die Richtung. Endlos wird es an dem ungesüßten Nachdenken naschen wollen. Die Befriedung wird erst in seiner Flucht Stellung nehmen und wagt den Gedanken, der aus dem Nichts entstand, zu ermahnen. Und der falsche Stolz, in mir fast ausgemergelt, wird in wenigen Augenblicken den Geschmack von Angst weniger empfinden. Dessen Prüfung bewahrt den seltenen Musikmoment, den ich nicht mehr respektieren werde, dafür auf. Zu groß sind die Streicher aus der Empore hervor gegangen. Sie haben den Strich unter meiner

Vergangenheit nur zaghaft hinter sich gelassen. In losen Folgen kann ich die Fotografien der Kindheit nicht mehr deuten, nur weil die Begründungen der vielen Verletzungen fehlen. Ich habe selten gelacht. Hab selten eine Gabe in mir gefunden, die mich stolz machte oder ein kleines Monument hinterließ. Hab nicht mal die Dankbarkeit deuten dürfen. Keine Musik dieser Welt könnte die auffrischenden Gedanken von Hass in liebliche Gedichte umwandeln.

Ich kann hier in der zweiten Stuhlreihe nur kurz die Musik des Cellos wahrnehmen. Wobei die Idee, sich dem Text zu widmen, gar nicht schlecht wäre, dann hätte man eine Ablenkung, von der zu erwarten wäre, sich ganz zu verändern. Oh, man spricht die Wahrheit an? Ob die Wahrheit dem jetzigen Stand entspricht, bezweifle ich. Und das ist ein gutes Resümee von langweiliger Musik, die ich selten so erlebt habe wie in der heutigen Zeit. Dabei könnte das Klavier die verbleibende Zeit so zelebrieren, dass der Verdacht entstünde, man wäre nackt. In der Armut verkleidet würde ich durch die Gassen gehen, die keinen Reichtümern zu nahe käme. Und es könnte am Ende das Finale fehlen, das dem Märchen über Güte und Dankbarkeit einen sehr zurückhaltenden Inhalt geben würde. Ich wage es jetzt einfach, das Cello zu berühren und seinen Vibrationen zu folgen. Auch wenn der Zeitsprung kurz ist. Selbst wenn ich heute – ein Zeitsprung vorausgesetzt – schon ein alter Mann wäre, ich würde diesem Mann einen Wink geben, alles in seiner Macht stehende möglich zu machen, dass ich die Musik heute anders empfinden darf. Und da möge der Text dem entsprechen, wo mein Harmoniegefühl versagt. Leider, denn ich wage es nicht, der Musik bis zum Ende zuzuhören. Die Idee sich einer Musik zu widmen bricht in mir das Herz. Brüchig und abbauend würde meine Seele einen harten Weg beschreiten, und die ersehnten Küsse würden zu Hagelkörnern werden. Leise sollte ich die Musik an meine Vergangenheit übergeben. Sie wird in ihrer Verkleidung das neue Make-up annehmen und mir die Maske entfernen. Und wenn die Zeit ausreicht, würde ich mit dem Cello in mir die Gnade beschreiben, von der ich heute meine Geschichte bekam.

Wie ich wirklich bin

Hab die Gier in mir verschleiert,
bin tief sinniert aus der Schlucht entkommen.
Geradewegs gehen die bangen Minuten,
um dem zu trotzen,
der den Widerstand mag,
der dem Licht nahe blieb.

Habe den Rat in mir bewundert,
bestaunt,
gierig,
unaufhaltsam,
fromm und feige.
Wurde von restlicher Geduld
angesprochen.
Hab dem Rat entsprochen, zugesagt.
Habe die Schwäche gefühlt,
erfahren,
gesehen,
unterschätzt und
mit Leid die Qual überschätzt.

Wohlwollend ist die Gnade
meiner Nähe süß,
weit gestreckt,
abgezäunt,
aufpassend,
aufopfernd und
vor dem Schimmer des Guten
weiterhin versteckt.

Hab des Knechtes Widerstand gebrochen,
denn er hat immer nur versprochen,
aber nichts gehalten.
Er war unentschlossen, hat den Thron geliebt.

Oben, ganz oben,
wehrt sich das Unverhohlene,
das Unbeholfene,
nach Hilfe ringende,
das Bettelnde,
ohne dass es je den Widerspruch gelebt.

Sein Heim war auf Verzicht geeicht,
gewagt,
geprüft,
erprobt.
Er hat dem Geschenkten
nie die Hand gereicht.

War der Gabe wohl gesonnen,
fühlte meine Gier verjüngt,
unter Höhlen,
im Gehöft und
von Häuserreihen abgeschirmt.

Fühlte das Gerechte abgezahlt,
versüßt und war doch
mit dem Hass verbunden,
der das Ende von der Qual entbunden.

Winde, die das Land berühren,
geben dem Blick,
dem Ruf,
dem letzten Schachzug frei.
Geben der Sicht,
dem Dank ,
dem Ergebenen sein Gebot.

Lose Gedanken am Nebelrand
wagen an den Nacken mir zu fassen.
Hab den falschen Blick genossen.

Nun, es müsste stimmen,
dass er sein Zeugnis liebt,
weil er mich anders sieht
und weil ich glaube,
dass er nicht sein möchte wie ich.

Ein Eiskristall

Voller rätselhafter Gedanken stand ich eines Tages sehr früh auf. Es war nicht üblich bereits vor dem Morgengrauen am Horizont einen Lichtzipfel zu sehen. Plötzlich dachte ich an Blitzeis im Winter, daran, wie die eisige Kälte den bereits feuchten Asphalt in eine Rutschbahn verwandelt. Das geschieht in Sekunden, und nur Wärme kann das verhindern.

Ich sah Eis auf meiner Handfläche und fragte mich: Wie hat die Natur es geschafft, dass es nur Wasser bedarf, um aus einem gefrorenen Boden eine glatte Rutschbahn zu machen? – Wie schnell war doch die packende Wut in mir an die Oberfläche gekommen, wo ich doch zuvor noch dachte, dass die Sonne etwas länger ins Tal scheinen würde, um meiner inneren Sucht nach Frieden Einzug einzuräumen, um es mir zu ermöglichen, den Wandel willkommen zu heißen und ohne Kampf auszukommen. Alles zerbrach unter meiner Haut und reflektierte den Stab der Unvernunft. Geballte faustgroße Emotionen labten sich am Podest und wünschten sich in diesem Augenblick Applaus – behangen mit Orden, die der Uniform einen gewissen Glanz verleihen, belächelt von frohen Blicken, dass die Hymnen nicht von mir gesungen wurden und es nicht wagten, meiner Geduld Grenzen zu setzen.

Meine Hand kühlte aus. Der ausströmende Atem verschwand im Nebeldunst. Ich sehnte mich nach Eiskristallen, in denen ich mich widerspiegeln konnte, um die Krebsgeschwüre meiner Zweifel zu erkennen. Doch nichts deutete darauf hin, dass mein Name einen sich nähernden Eiskristall erwärmen könnte. So blieb es um mich herum kalt und ich raubte der Sonne das Licht. Stattdessen sah ich zarte Linien, die meiner Angst entsprachen. Der Kristall brach in sich zusammen. Das Warum ist nicht mehr wichtig. Der Schatten wurde kleiner. Das Funkeln ließ nach. Meine Tränen kamen. Zunächst in winzigen Schüben. Dann immer stärker, bis ich meine Hand hochriss, um endlich die Angst zu beschreiben.

Der Wahnsinn blühte. Es keimte die Furcht. Zerbrochen war mein Antlitz, das den Glanz verbannte. Edelmut widersetzte sich dem Trotz. Zerrieben, ganz fein und magisch angedeutet habe ich dem eisigen Rand noch Sinn gegeben. Heute nun ist es nicht mehr war. Alles ist vergangen. Alles war nur angedeutet, aber die Kälte in mir: Wer weiß schon, wann der Kristall sich erneut formt?

Mag sein

Mag sein, was dich gelehrt,
begehrt und was dich schön gemacht:
das Liebgewonnene,
Unverdrossene,
Unbekömmliche
die bunte Welt nicht mag.
Unverbraucht,
unversehrt,
jedoch verstört,
und das mit leisen Tönen hörend.
Erschreckt am Fenster stehend,
ohne Licht,
die Scham verfehlt,
das Glück unerklärbar gemacht,
das Urteil verhängt,
mit Reue,
dankend und
der Feuchte nahe liegend.

Mag sein, dass die Tränen wissen wollen,
wo der Impuls dem Geglaubten zollt.
Die Klage ist bedeutungslos gewichen.
Sie scheint durch Klarsichtfolie,
rein und ausgewachsen,
der nagenden Zeit entronnen,
dir die Hände reichend
und den feinen Bogen streichend,
wo einst die leise Musik erklang,
um dass die Idee nie euch erreicht.

Mag sein, dass vergesslich macht,
was einst dem Ich die Falle zeigte,
um zu verstehen,
was nach langem Zank und Streit

mit Säbeln ebenso wie zarten Stößen
auf die Politur gemalt und von einem
Blumenrand begrenzt.

Der inneren Sucht sich beugend,
edel, ohne Tadel und verarmt
der Macht entwichen,
zählst du den Hahnenschrei,
der keine Angst mehr kennt?

Bemalt am Horizont der zarte Reif,
verengt der feige Ton, der dir im Halse steckt
und der mit Wut den Wald entflammt,
als würde der Wahnsinn aberkannt,
als bliebe er unerkannt,
als würde er wohlriechend angesprochen,
sich im Spiegel nicht erkennen,
weil ein Paradies entsteht,
von dem man weiß,
dass der Himmel traurig bleibt.

Mag sein, dass die Himmelsleiter
nur die eine ist,
für dich alleine
und nur für eine Weile,
den Zorn entfremdet,
verflucht,
weil die Geschichte sie nicht verstand,
weil ein Muss den Zwang mehr liebt,
als den Hass zu leugnen.

Es riecht nach Rosenholz,
nach Zuckerrohr am rauen Stamm,
der die Dürre mag und die Begierde,
um zu verweilen, zu erleuchten,
was im Dunkeln bleibt,

was mit dünnen Fasern
fett gedruckt geschrieben.
So wird kein fremder Diener bitter frieren.

Ruhe dich einfach aus,
zum Nutzen einer Flut,
mit einem Lächeln,
das dein Bedürfnis nicht erahnt!

Bin mit Geduld der Sucht entkommen,
hab dem Vergnügen die weiße Fahne gezeigt
und die Schuld gerichtet,
denn es ist wahr,
man muss verzichten.

Harmonie mit Zwang.
Euer Rang, der namenlos und
die Vernunft einst herzlich grüßte,
ist im Kampf nur Zweiter.
Du fragst nun: Wie geht es weiter?

Mag sein, dass der Abend den Mond leuchten sieht,
dass die Sterne seinen Namen suchen,
dass dein Schlaf verspielt das Ruder nimmt,
dass der Tau am Rosenstiel verliebt die Angst verriet.

Mag sein, dass die Wahrheit wirklich ruft.
Du kleiner Schuft dort draußen in der Gruppe,
der mit dem Knecht verbündet,
der das Gesagte von sich bindet,
wohlwollend nun das Schwache liebt,
den Satz aus der Nähe sieht,
arrogant und frech beherrscht,
geschickt und verlogen ist,
den Sinn missbraucht, um das zu verderben,
was kein Gewicht mehr braucht.

Bedrückend ist das Fremde in dir erschienen,
mit einem Ruck, der einst die Angst entfacht
und breit gedacht,
gepriesen ohne Segen,
mit den Psalmen auf weiter Flur,
verflucht mit großer Sorge,
Gedanken verloren ohne Scham,
ohne Hast,
weil die Bleibe erkennt,
dass der Glaube
euch gesucht, gefunden und
nie mit Dankbarkeit hat geschunden.

Mag nun sein, dass dies frei erfunden.
Doch wer es nicht mag
wird fluchen,
wird singen,
wird schreiben.

Aber bedenkt, dass das Wahre in dir ringt
wie ein Kind, und das verspielt,
da die Begabung nur eines will,
dass der Schopf die Hölle nicht berührt,
sodass die Neugier die Fesseln hält.

Das kann ein Ende sein,
ein Gestern oder nur der fade Schein,
mit Geleit von Kerzenschein.
Aus der Starre sanft enthoben,
das Gesicht zur Wand gestellt,
und dann der eisige Fluch,
ohne den feuchten Geruch,
der die Fremde sucht,
um den Tod mehr zu lieben,
das Wenige mehr zu mögen
und den Hass zu verführen.

Verzichtet auf das böse Kleid,
begegnet dem wahren Ruf,
glaubt endlich,
vertraut eine Weile!
Das Leben ist nicht mehr so lang,
um den Dank zu erhalten,
der dir die Wahrheit schenkt
im Licht, wo das Sehen erlaubt,
wo das Sprechen gewünscht,
wo das Hören ersehnt und
die Lippen uns neu verführen.

Nachdenkliches

Wer möchte nicht erneut die Worte eines Briefes lesen, die Minuten zuvor noch tief in einem verborgen waren – vor allem wenn das Geschehene in einem brodelt, wenn die Versuchung leise an der Mauer der Angst vorüber kriecht und ein Meer von herbeigesehnten Tränen fließt, um ungeschehen zu machen, was einem widerfährt? Und wenn der Eindruck mich erdrückt, dass nur ein Wort genügt, zu beschreiben, was mich schmerzt, dann ist der Albtraum an einen Punkt gelangt, wo ich nie hätte geboren werden wollen. Mit diesem geschriebenen Wort, mit dem ich nur eine kurze Zeit verbunden war, werde ich die Erfahrungen aufrufen, die meinen Charakter so tief prägen, dass ich dort den Punkt zu setzen vergaß, wo ein Satz aufhören sollte. Nun ist aber das Blatt mit nur einem Wort gefüllt.

Liebe!

Liebe Alt-kranken-ich-weiß-nicht-mal! Ich schreibe … und es geht weiter … von mir – von einem, von dem ich weiß, dass er fremd in mir regiert. Ich schreibe von der Peinlichkeit und der Frage: Wo wollen die Doofen sich streiten? Vom Reichturm, der sich mit meiner Armut beschäftigt. Vom Glanz seiner Selbst, der meine Erlaubnis nicht nachfragt, warum das Gefühl nicht zeitnah den Kompromiss verwaltet, um die Schuld zu begleichen. Was bleibt vom Sinn der Silben, die mit heiliger Tinte sichtbar gemacht wurden?

Das Licht flammt lichterloh und ich spüre, dass das vergeht, entweicht und mich beraubt, was nicht mir gehört. Mir, der sein Gesicht im Spiegel sieht. Obwohl die Schlichtung naht, wird mir bange zu beschreiben, warum die Liebe „Liebe" ist. Und so wird es kommen. Leise wird das Diktat neu besprochen, neu entdeckt und missverstanden. Wie wahr, die einen sagen. Oh Scheiße, die anderen, die vorher noch als Dank den Spaten wählten, die die Erde bewegten und mit den Wurzeln das Gute entnahm. Ich mag das Wesen von Licht und purer Eitelkeit. Ich sehne mich nach der bunten Tracht, die den Augenblick vorgibt, da dieser Brief auf Reisen geht. Und dann ist der Moment gekommen, der das Komma mag, der sagt, was richtig und was falsch ist, und der beim Verzicht Geselligkeit verspürt.

Es fehlt jetzt nur der Satz im Absatz, der beschreibt, wie ich wirklich bin. Es könnte klappen. Es darf rührig mit mir in die Hände geklatscht werden. Ich möchte mit der Gewissheit ein Zeichen setzen, der Melancholie die Treue zu halten, um endlich den Brief zu beenden, bevor der Anfang von einer nicht belehrbaren Welt erzählt, die ich nicht mag. Ich könnte eine Kerze herbeischaffen und sie anzünden, um so meinen Seelenfrieden zu erreichen. Aber was wäre, wenn dem Gestressten, der sich zu jeder Tageszeit in der Opferrolle befindet, jedes Mal die Hand gereicht würde? Würde mein Schicksal dann eine andere Wendung nehmen, würde ich den Brief umschreiben: härter, abwesender, resoluter oder gar aggressiver? Oh nein, dann würde ich keinen Brief mehr schreiben, denn der Hass in mir würde das Erblühen von lieblichen Ideen nicht mehr möglich machen! Lieber den Hass bewerten als Groll in Sucht umformen. Wie arg klingt das? Ich gebe der Wende eine Möglichkeit, den halbtrockenen Wein auszuprobieren und nochmals von vorne anzufangen. Mein Liebling, ich sitze hier und fange endlich an mich zu beschreiben, wer ich wirklich bin.

Es sind die Sterne

Es sind die Sterne,
die verweilend dem
Geschenk entgegen sehen,
die gegen den Strom
schwimmend,
vernehmend,
verwachsend,
vereinsamt und
berührend vor dem
Allmächtigen bestehen.

Es sind die Sterne,
sie wollen
den Gehängten retten,
der mit Heuchelei gedankt,
der missbraucht,
gedemütigt und ohne Angst,
nach Gerechtigkeit sinnt.

Es sind die Sterne,
die den Tod gesühnt,
den Rang gestürmt,
der aus der Tugend entstand,
die mit freiem Geleit
den Tanz wiederholt und
das wahre Wort im Licht gesehen.

Wiederkehr, die eine Last in sich trägt,
belächelt den Tag.
Im kühlem Schatten
sanft umarmt,
der das Fremde mag,
der die Freude wünscht.

Es sind die Sterne,
die vom Leben vermerkt:
scheu,
verträumt,
fast unsichtbar,
marmoriert und
dennoch mit weicher Stimme unterlegt,
dem Lächeln entkommen.

Hab die Sehnsucht beschrieben,
war dem Gesang nahe,
hab dich erdacht und
überfordert,
wo einst die Prägung lag,
als das Tal den Stern geboren.

Es sind die Sterne,
die gediegen,
die andeuten,
verschwommen,
ihre Grenzen doch beachten,
die namenlos gepostet,
unbekannt und
fast verschwiegen,
die verdrängt und eingebrannt,
die liebevoll den Rest entnommen,
die dem Teilen nahe,
von Wasser umsäumt, beschützt,
und voll träger Sorgen sind,
um den Schwefelmond endlich zu versorgen.

Armutszeugnis

Es grenzt schon an ein Wunder, wenn ich mir die Welt ansehen muss und dabei feststelle, in welcher Art und Weise der Begriff „Armut" in der Gesellschaft verwendet wird. Wenn man „Armut" nicht definieren und an Beispielen festmachen kann, sollte man sich nicht darüber äußern. – Ist meine leere Geldbörse die Ursache für meine Armut oder was? Wählt meine Armut etwa den Unterschied zwischen Gut und Böse aus, damit ich erkenne, wie ich die mageren Jahre hinter mir lassen kann? Mag der Tag kommen, da ich ein Gefühl dafür bekomme, mir all das zu erklären. Soll der Klageruf der Armut mich vor dem Augenblick bewahren, da ich erkenne, wer die Schuld für sie trägt.

Ist denn meine Angst nicht in der Lage mir die Dinge begreiflich zu machen, die mich verletzen? Ich kann ja die Dinge einfach geschehen lassen, die Straßenbäume einzeln herausreißen und der Fliege die ganze Schuld geben – einem Tier, das seine Sprache nicht bewusst wahrnimmt, eine Seele, die nicht ahnt, dass die bunte Welt um sie herum nicht dem gehört, der sie begehrt. Dabei wäre die Sehnsucht aufgerufen, den Gesang der Bäume dem zu geben, von dem sie ihn erhielten.

Es dürfte den Dialog unter den Menschen zu keiner Zeit entsprechen, wenn die Jahreszeiten nicht zeitgleich dem Herzschlag folgen würden. Ich könnte dann allerdings endlich wagen den unterschiedlichen Meinungen zu trotzen, in denen sich die Wut ihren Weg erstreiten muss. Die Gefahr ist immer gegeben, wenn die Armut sich dem geistlichen Gut annähert. Hier werden die Brücken für trügerische Geschäfte gebaut, um sie dem anzulasten der die Sprache des Leides bereits kennt. Ich weiß die Entfremdung zu schätzen, aber dennoch verwalte ich mein Ego-Verhalten allein, ohne den lieben Gott einzubinden.

Es wäre ein Armutszeugnis, das die Äcker mit der Schwäche begrünt. – Ich weiß nicht, weshalb mich das Gestern nochmals ermahnt sollte, warum die Unendlichkeit das Fremde in mir mag. Sei gepriesen du vergessener Wahnsinn, der sich im Alltag niederlässt, der sich mit dem Unerfahrenen mehr beschäftigt als mit der Grabrede eines Verstorbenen! Hüte ich vielleicht das Geheimnis eines nicht erhabenen Echos, das sich am Himmel seine Vorsicht abholt?

Ich kratze die Vergangenheit hervor und darf nicht sagen, dass die Angst am Ort des Geschehens ist. Die Erlaubnis, die sich den Weg zur Armut bahnt, würde dem Gerechten, der es wagt sich aus Angst zu ducken und zu heucheln, keine Zustimmung geben, sondern dem verlogenen Volk die Hand reichen. Die Straßen würden sich öffnen müssen und der Freiheit die Möglichkeit geben, die erzählten Märchen neu aufzuschreiben. Denn dann erst kann ich genießen, wovon ich ständig abgelehnt wurde. Genau an dieser Stelle würde der Anfang: „Es war einmal!" passen. Ich würde ihn ankreuzen, um den Text, der den armen Kreaturen draußen zu erklären versucht, dass die Armut nur eine Idee ist, gut sichtbar zu machen. Nur ein Kokon, aus dem ein Schmetterling schlüpft, würde den Frühling noch nicht einstimmen. Die Verwandlung überschätzt die endlosen Energiepunkte nie. Sie gibt die Wunde frei. Mehr noch. Das Abendlied, von dem man angeblich genug hatte, würde seine wahre Bedeutung bekommen. Keiner dieser armen Seelen wagt ein Bein in die heiligen Hallen, nur weil die Begründung der Illusionen plausibler beschrieben worden ist. Das ist die Geschichte einer Armut, die im Sand zu finden ist. Nur eine laue Brise würde dem genügen, das Gesetz der Anziehung besser zu verstehen. Der Versuch, es für sich zu begründen, mag die innere Fantasie in all ihren Facetten selbst regeln. Die Naturereignisse unterliegen nicht der

Macht des Fertigen, alles ist in ständiger Veränderung. Fröhlichkeit ist ein Fundament der Erkenntnis, und die möchte die Vergangenheit dem leeren Raum nicht übergeben. Und das scheint mir gut zu bekommen, denn ich ahne, dass die Strophen der Schöpfung sich verwandeln. Das wäre die Quelle, die meinem Geist neue Impulse geben. Impulse, die sich mit der Offenheit mehr beschäftigen als mit unvergessenen Melodien von Stumpfsinn und Abschottung. Dabei ist der Groll, der den Alltag mit der Armut konfrontiert, nie richtig bedacht worden. Die Langeweile ist nicht der richtige Partner, um diesem Alltag etwas entgegenzusetzen. Ich werde dem Spiegel mein wahres Gesicht zeigen müssen, um den Gedanken der Armut richtig definieren zu können. Sie wäre der Gegenpol, von Reichtum, bunten Farben und eleganten Ideen. Leider steht es nicht in allen Tageszeiten drin. Das ist ein Armutszeugnis, was noch zu berichtigen wäre.

Demut

Demut beschreibt ein liebliches Wort,
welches die Schranken kennt,
im Gedenken auf weiter Flur.
Das gebrechlich den unklaren Sinn markiert
und den Traum zelebriert,
der es tatsächlich wagt,
der Nähe die Hand zu geben.

Demut bricht den Eid von jenem,
der nicht bereit ist zu lieben,
der den Verzicht umarmt
und der das Licht verbannt,
der das Verfolgte rammt,
und der die Wahrheit schont.

Erlaubt ist dem Gesagten
zu keiner Zeit,
dem Undank zu zollen,
den Bruch zu verhöhnen
und den Schmerz zu missgönnen.

Es bleibt die Nachsicht,
welche der Gefolgte lieblos frönt.
Bitterlich hart bestraft,
zu Dank verpflichtet,
gehärtet,
entwachsen,
unverhohlen zurückgeschreckt,
am Abgrund gesichtet,
im Spiegel tief gebeugt,
von Prüfungen ermahnt,
von heißer Wut entband.

Genug von Demut,
von dem, der im Antlitz sich schämt,
der seinen Schmerz spürt.
Wohl dem, der das Wissen stiehlt.

Genug von Philosophen,
die nicht sehen, was die Demut sagt.
Wohl dem, der den Verzicht sein Eigen nennt.

Dankbarkeit

Ich stehe in der Hoffnung auf dem Bahnsteig, dass bald die U-Bahn in Richtung Stadtzentrum einfährt. Die Anzeigetafel schaltet gerade um und zeigt mir, dass der Zug in drei Minuten kommt. Das entsprach meinem Wunsch, länger wollte ich nicht warten. Ich stellte mich nah an das alte Abfertigungshaus, um den böigen Wind nicht zu spüren.

Drei Minuten könnten lang werden, dachte ich. Wenn du in Eile bist und die Zeit dir im Nacken sitzt, sind drei Minuten eine halbe Ewigkeit. Aber dem war nicht so, denn ich verspürte plötzlich das Bedürfnis nachzudenken, warum ich eigentlich nie richtig stolz auf mich gewesen bin. Kurz davor hatte ich mich noch darüber geärgert, dass die Ampel für die Fußgänger immer zu kurz geschaltet ist, sodass man gerade mal einen Fahrstreifen überqueren konnte. Auf einer Fußgängerinsel, welche die beiden Fahrstreifen unterteilte, musste ich mich der Gefahr aussetzen, von einem schnell fahrenden Auto erfasst zu werden. Aber dieser Gedanke hat sich dann auf dem Bahnsteig verflüchtigt, denn ich sah rechts von mir eine junge Frau Mitte dreißig mit einem blauweiß gestreiften Kinderwagen stehen. Das Verdeck war geschlossen, sodass ich das Kind nicht sehen konnte.

Die junge Frau mit ihren langen schwarzen Haaren stand ziemlich nervös vor ihrem Kinderwagen, hielt in der rechten Hand eine Zigarette, in der linken ein rotes Smartphone und schrie in ihrer Sprache etwas hinein, was ich nicht verstehen konnte. Ich wollte es allerdings auch nicht wissen, denn das Bild dieser Frau war typisch für unsere heutige Zeit. Die junge Frau hatte keinen Blick übrig, mal in den Kinderwagen zu schauen. Keine Geste habe ich wahrnehmen können. Umso hastiger waren allerdings ihre Züge an der Zigarette. Ich hatte den Eindruck, dass sie selbst diese nicht genießen wollte. Pausenlos sah sie zum Fahrrichtungsanzeiger, um zu erfahren, wie viel Züge sie noch braucht, um die Zigarette noch vor dem Auftauchen des Zuges aufzurauchen. Zwischendurch brüllte sie immer wieder mal in ihr Handy. Ich spürte, dass die Spannung in ihr allmählich stieg. Zunehmend wurde sie aggressiver und zog dabei den letzten Zug an ihrer Zigarette. Sie bemerkte nicht mal, dass diese längst aufgeraucht war. Nur der Filter war noch zu sehen. Der Stumpen ihrer Zigarette schwellte noch in ihrer Hand, als sie tatsächlich versuchte noch einen letzten Zug zu nehmen.

Die U-Bahn fuhr ein. Ein Rattern. Ein Schieben. Der kalte Fahrwind wedelte die Haare der Frau durcheinander. Die Zigarettenkippe ließ sie fallen, schaute, wo sie am besten mit dem Kinderwagen einsteigen konnte und schwenkte den Kinderwagen dann zu meiner Seite. Die U-Bahn hielt, die Tür öffnete sich und vier Fahrgäste stiegen aus. Ich gab ihr den Vortritt, mit dem Kinderwagen als Erste einzusteigen. Sie redete dabei weiter in ihr Smartphone und bemerkte gar nicht, dass ich ihr den Vorzug zum Einstieg gegeben hatte. Sie würdigte mich keines Blickes, fand sofort einen Sitzplatz und schwenkte den Kinderwagen so, dass er seitlich zur Tür stand. Wieder konnte sie ihr Kind nicht sehen. Das Verdeck war immer noch geschlossen, als sie plötzlich das Gespräch abbrach. Die U-Bahn fuhr an und verließ den Bahnhof. Straßen und Häuser huschten an mir vorbei. Sie hielt aber mit beiden Händen immer noch das Smartphone fest, hämmerte in großer Eile diverse Mails hinein und sendete sie ab. Neun U-Bahn-Stationen weiter. Zwanzig Minuten Fahrzeit sind inzwischen vergangen. Die junge Frau nahm die ganze Zeit keinen Kontakt zur Außenwelt auf, beschäftigte sich nur mit ihrem Handy.

An der vorletzten Station erklang die Ansage: „Schillingstraße, Ausstieg links." Plötzlich riss sie mit kühnem Schwung ihren Kinderwagen herum und blieb für eine Sekunde an der Schwelle der U-Bahn-Tür stehen und rief laut: „Scheiße, Scheiße, Scheiße." Und das alles in Deutsch. Ich konnte sie gut verstehen. Kaum sprang die Tür auf, stand sie auch schon auf dem Bahnsteig, schaute sich um und stellte fest, nehme ich an, zu weit gefahren zu sein. Meine U-Bahn in Richtung Zentrum blieb noch stehen. Die Fahrgasttüren standen noch offen, als ich die entgegengesetzte U-Bahn auf dem gegenüberliegenden Gleis einfahren hörte.

Der Zug hielt an und sie stieg ein. Nach etwa zwei Minuten der dortigen Abfertigung blinkten die roten Warnleuchten der Türen auf, da waren auch schon die Türen verschlossen und die Bahn fuhr los. Ich habe gestaunt, wie schnell die Zeit vorüber war. – Drei Minuten warten bei dreißig Minuten Fahrzeit, dachte ich, hörte das Warnsignal meines Zuges und war in meinen Gedanken an meinem Zielort. Später, als mir die Situation noch mal durch den Kopf ging, fragte ich mich: Was machen wir alle eigentlich hier auf der Erde? Was hat diese junge Frau zwischen den neun Bahnstationen gesehen? Die Menschen werden das Leben nicht über das Smartphone erfahren. Sie müssen begreifen, dass das eigentliche Leben hier im Jetzt stattfindet.

Ich machte jedenfalls meine Besorgungen und holte meine Zeitschrift, um die Fahrzeit nach Hause mit Lesen auszunutzen. Nach etwa drei Stationen sah ich erneut eine junge Frau am Bahnsteig stehen. Sie tippte auf ihr Smartphone und bemerkte nicht mal, dass eine U-Bahn vor ihr stand. Erst als das Warnsignal erklang, schreckte sie förmlich vom Handy hoch und stieg noch in letzter Sekunde zu.

Wenn ich die Menschen um mich herum beobachten kann und dabei lerne, wie wichtig es ist seine kostbare Zeit besser zu nutzen als diese beiden jungen Frauen, dann ist der Inhalt meiner Zeitung eher langweilig. Ich war ihnen jedenfalls dankbar und ich verspürte ein Verlangen nach mehr intensiver und lebendiger Zeit, die mir nicht nur wie drei Minuten vorkam.

Ebenso

Ebenso ist mir eingefallen, was nicht sein darf,
was aus den eisigen Ideen zu reifen vermag.
Formal sind die bösen Deutungen schwach zu hören,
das Abkömmliche, aus dem mein Stahl gehärtet,
verbleibt im dunklen Raum lang veraltet,
beschattet, unbeachtet und missverstanden,
sodass mein Name nicht mehr so arg fremd,
so arg nah, nicht so arg wütend erklingt.

Oh, ein betrübtes Bild,
das den verwelkten Mohn,
ohne ihn einzubinden,
losgelassen,
einst in Angst gepackt,
geordert, gewünscht,
eingenommen und
ohne Halt zu machen,
im Zank hat nicht verdeckt.

Der einst die Fragen nie gefordert,
der vom Wesen nur Gutes gedacht,
besprengt mit Niesel,
dem sei erlaubt
der Frische zu danken,
dem entstellten Witz,
wie das Ganze zu verstehen ist,
was die Welt nicht mehr heilt.

Der Rest mahnt das Kommen,
das Unerbittliche,
was nicht kam, um zu gelingen.
Ankommen, weil das Suchen
der Zeit so schmähte

und dem Getöse weit und breit
das nackte Wort entblößte:
das Erdachte,
Ersuchte,
Gewünschte,
Ersehnte,
das verschreckt mich anzog
und das ich nie verdiente.

Ebenso ist der Sieg nicht mehr wichtig,
denn ich hab das Bild vom Kinde
verschwommen hinter mir gelassen,
einsam ich den Kreis nun bemale.
Frohlockend ich am Eis geleckt,
lachend ich im Kreis die Wut entdeckt.
Verwahrlost ich am Rost die Zeit verbracht.
Sein Diener hat das Paradies entwendet,
geraubt und an den Pranger gestellt,
liegen gelassen, verlassen, von dem
entmachtet, der dem Kehrreim
nicht mehr Achtung zollte.

Oh, was ist nun übrig
von Acryl und Honigminze,
das mich gemalt,
wahrlich ohne Hast und Witz,
denn Ernst und Bitterkeit,
die wagen es
das Brot zu backen,
es aufzukeimen und
mit Edelmut versüßt nun zu probieren,
um zu bleiben mit dem ganzen Rest,
der den Traum benetzt.
Ebenso ist die Nacht geblieben.
Wer es war? Na, der die Not von weitem sah.

Den Geschichten hat er stets getrotzt,
das Maß nie erfüllt,
die Fahne nie gehisst.
Still gestanden!
Die Order, die mich verfolgte,
das Wort, das keine Wahrheit mochte,
und der Feind, dem ich nicht traute,
sie waren keine Vertraute.

Nur schrille Laute gab er von sich,
der die Angst nahm,
um zu urteilen,
um gegen den Strom zu schwimmen,
der es der Vergebung schwer machte,
mich am Leben sattzusehen.
Es war das Fremde,
das unsichtbare Getier,
was den Schein nie trüben konnte.

Was nicht ist, das übt den Verzicht,
das rügt das Gericht
und wird selten frohlocken,
dass ich mir nicht wünschte
geboren zu sein,
da mein Leben am kahlen Feld,
weiterhin,
immerzu,
endlos und
missgelaunt tief in mir bockte.

Ebenso darf es weitergehen,
mit Einsamkeit und frohem Mut.
Denn war die Vergangenheit gut?
Oh weh, die Krankheit siegte,
das Freche blieb und das Verworrene,

eben stets das Gestohlene,
das mir nie gehörte.
Verlöscht das Getane ohne Hilfe,
ohne Willen,
durch den,
der die Leere von Gott nie wollte.

Ebenso wurde der Dank nie geschrieben.
Die Zeit, die sich verneigte,
kroch aus der Revolte,
die die Schuldigkeit nie erkannte.

Hab am Anfang das Vergessene verneint,
abgelehnt,
umgewandelt,
nur sanft wahrgenommen,
als wäre das Ungetüm von der Wut benommen
an mir leis' vorbei gekommen.

Was die Beherrschung für sich nahm,
das genügte völlig,
verlangsamte mein Leben.
Ich sah nach oben und
erfreute mich am Wissen.
Die Wurzel sah das nie,
so kam der Trieb auch nie.

Der zarte Wind am Pfosten sich bricht,
wie die Neugierde mit monotoner Sprache spricht.
Erniedrige ich mich am Tag nur einmal selbst,
so ist klar, was mein Geist nie verstand,
was er nie war.

Ebenso will eine Weile ich bleiben,
denn der Zank will sich untereinander reiben.

Das Gelernte ist bald am Ende,
das Bleiben ist kein Liebeskuss,
nur ein Muss.
Und was dem Verdruss sehr nahe steht,
da ist die Welt nie verkehrt zu sehen.

Die Geduld würde sich nicht die Zeit nehmen, um anzukommen. Erst bei der Ankunft spürt man, was die Geduld mit einem macht, wenn keine Zeit mehr vorhanden ist.

Leben

Eine junge Frau fragte mich eines Tages, wozu das Leben eigentlich da wäre? Sie würde nicht begreifen, dass das Leben schön sei, da sie s doch so nicht erlebe. Sie schaute mich dabei erwartungsvoll an und hoffte, dass ich ihr eine plausible Antwort darauf gebe. Um ehrlich zu sein, ich musste ich eine Weile gut überlegen, was überhaupt Leben für mich selbst bedeutet. Schon das Wort LEBEN machte mich etwas stutzig, denn für mich war es selbstverständlich, das Leben in seiner jetzigen Form so anzunehmen, wie es ist.

Ich nahm diese Frau instinktiv an die Hand und bat sie das Café, wo wir uns gerade befanden, zu verlassen, um ihr etwas zu zeigen. Dabei wusste ich zu dieser Minute nicht mal, was ich vorhatte. Unsere Kaffeetassen standen auf dem Tisch und eine Kerze brannte, die ich für ein positives Zeichen ansah. Ohne Eile verließen wir das Café und ich zeigte ihr spontan den Himmel, wo zwischen den Wolken gerade ein blauer Fleck zu sehen war. Und der Wind gab sich Mühe, diesen Fleck noch zu vergrößern.

„Schauen Sie nach oben!", sagte ich zu ihr und zeigte mit dem Finger auf die sich öffnende Wolkendecke. „Das ist für mich Leben, wenn ich in der Natur nahe bin und mir den Himmel anschauen darf. Das reicht mir schon."

Die junge Frau war überrascht und anscheinend nicht darauf vorbereitet, dass ich ihr ausgerechnet den Himmel als Bezug zum Leben zeigen würde. Als wir weiterhin nach oben schauten, sah ich einen ziehenden Wolkenverband den Himmel freimachen.

Wohin treiben diese Wolken hin, fragte ich mich. Wo ist ihr Ziel und würden sie jemals ankommen? Oder fallen die Wolken in sich zusammen, wenn die Kraft des Windes nachlässt?

Plötzlich ließ ich mich fallen und hing meinen Gedanken nach, die mich positiv auf die Situation einstimmten. Und wenn ich ehrlich bin, mir war die Frau neben mir völlig egal gewesen. Sie hat mich nicht mehr interessiert. Ich wollte nur noch in den Himmel schauen.

Das Leben ist grenzenlos, dachte ich. Etwas Unbegreifliches, was ich nicht definieren kann. Ich verspürte ein Gefühl von Freiheit und fragte mich im Stillen: Wie frei kann man sein, wenn man eine Wolke wäre? Man kann fliegen und ohne Widerstand Gegenden entdecken, die man nie so schnell zu Fuß erreicht hätte. Ich würde den Tag bereits sehen, da wäre die Nacht noch nicht vorüber. Wenn der Mond sein diffuses Licht freigibt, um den verlorenen Wegelagerern auf Erden den Weg zu beleuchten, entstehen hier die unverlangten Träume, in denen ich so sein kann, wie ich möchte. Ist hier der Name niedergeschrieben, von dem der Glaube sich betäubt, um vom Tod das Naheliegende zu erfahren? Sind das Sehen und Sorgen ein Abziehbild, das den Morgen beschreibt? Genügt ein Gefühl, um die Krone zu sehen? Oh nein, das Leben beschenkt den, der sich öffnet und raus lässt, was in ihm nagt.

Das Leben umarmt mich, wenn die Armut kommt, wenn die Traurigkeit Fahrt aufnimmt und meine Ziele verdrängt, wenn die Gier mein Gefühl entmachtet, mein Recht missgönnt. Mit wird bange, wenn ich diesen Gedanken weiter verfolge. Eigentlich könnte ich sagen, dass mir die Bedeutung des Lebens egal ist. Ich könnte in den Tag hinein leben, ohne darüber nachzudenken, was das Leben mit mir vorhat. Aber dann gibt es Momente in mir, da würde ich zu gern wissen, was mich am Morgen erwartet. Wozu also den Abend annehmen, der die Nacht ohnehin nicht verfolgt? Wozu lächeln, wenn es der inneren Besonnenheit sowieso Glanz verleiht? Ich begreife mehr, wenn ich mich mit dem Geschmack von Oliven auseinandersetze und den beflissenen Motiven von Angstgebilden, die sich am Rand aufhalten und das Ende vergeben. Ich trotze der Vergangenheit ein wenig hinterher, und doch gibt es in mir ein Gefüge von Zufällen, welches mein Leben so beschreibt. Mir gefällt mein Spiegelbild selbst nicht mehr. Ich achte auf den Kuss, der in Briefen Beachtung findet, und befürworte das Gelingen des Zufalls. Und ist es nicht dem Zufall zu verdanken, dass mein Fleisch die Sünde mag? Prägt ein Psalm die Liebe in mir, wo ich durch Verzicht mich oft verletzte? Sie knien sich hin. Sie beugen sich tief und schultern die Last, die mich brüchig macht. Sie sind zu nah. Sie sind fragil und seltsam. Ich will mich entfernen und den Gebenden zurückgeben, wozu ich heute nicht imstande war, die Illusionen. Jetzt ist es mir bewusst, hier am Tisch vor dem Nichts, als wäre ich der arme Trottel von nebenan. Als wäre ich ein Nichts, der sich von der Wahrheit entfremdet hat. Es ist ein Gesetz. Ich selbst bin das Leben, und ich liebe in meiner Befangenheit das, was nicht zu erfahren ist, was nicht greifbar ist. Es wäre fast ein Geschenk. Wohl dem, der nicht sehen durfte, wer ich wirklich bin. Bin ich denn der, der seinen Namen nicht kennt, der die Liebe empfangen möchte, um das Leben zu formen, der seinen eigenen Willen bricht? Nein, die Kraft ist bekannt und wird dem Willen sein Gebot nicht nehmen, mir das zu geben, was ich als Gabe bereits in mir trage.

Es darf plötzlich fließen, ich habe eine Erläuterung die mir versüßt erklärt, warum das Leben mich dazu einlädt, den ewigen Tanz der Schwingungen zu tanzen. Dabei bin ich nicht romantisch veranlagt. Und doch schwingt in mir eine Energie, die ich nie zuvor kannte. Und jetzt wird mir bewusst, dass neben mir eine junge Frau steht und immer noch in den Himmel schaut. Ich war so begeistert von ihr, dass ich sie fragte, ob ich sie zu einem Eisbecher einladen darf. Sie schaute erwartungsvoll, fast überraschend und neigte sich mir freundlich zu. Ohne ein Wort zu sagen, gingen wir an unserem Tisch zurück, setzten uns hin und gaben uns mit den Augen ein Zeichen, dass alles wieder in Ordnung sei.

Stille war in uns. Ihr Gesicht war gelassen. Ich hatte den Eindruck, dass das Leben ihr gerade ein Geschenk übergeben hatte. Sie schmunzelte und ihre Lippen formten sinnliche Worte: „Das ist Leben. So wie es ist und wie wir es wahrnehmen. Mit den Wolken, die vom Wind getragen werden. Mit dem, was wir haben. Mit der Offenheit, das Licht der Sonne zu empfangen, ohne Zwang. Das ist Leben, mit der Eigenschaft von wollen und geben. Mit der Präsenz von Umarmung und Annehmen. Mit dem Sehen, was nicht in uns lebt und dem was wir fühlen, was nicht greifbar ist. Das Leben zu erleben, wie sich die Liebe sanft mit dem liebkost, das nicht mit Macht zu tun hat. Das ist, was das Leben ausmacht."

Resümee für mich: Ich möchte meiner Harmonie den Vorzug geben, darüber zu befinden, wie das Leben mein inneres Wesen verwandelt, ohne den Schatten der Vergesslichkeit zu werfen.

Dem Leben zu trachten

Der Wind bläst geübt die Mitte aus
und ist dem Strudel so nahe,
als müsste der Bruch heute kommen.
Er zupft und berührt
den Moment der Güte,
die dem Versuch sich stellt,
zu erlernen,
was nicht lebt.
zu sehen,
was im Schatten liegt,
zu verdrängen,
was den Schmerz nicht beschreibt.

Ungerecht sind die Fallen gezeichnet,
um der Vernunft zu zeigen,
dass das Leben ein Chaos ist,
ohne Los,
dem Vergänglichen vergeben,
dem Licht entronnen,
das einst verband,
was die Verzweiflung nicht mag.

Die Unschuld, die dem Thron sehr nahe steht,
die ohne Bedingungen aufsteht,
um seine Vielfalt kundzutun.
Wobei dies ein Teil nur wäre,
dem Angriff zu frönen,
um zu leben,
sich zu bräunen,
sich zu zieren,
sich fein zu schminken,
sich abzugrenzen,
dem Tod die Trauer zu belassen.

Kein Geben ist dem Trug entronnen,
nie ist ein Ja dem Herbst gewichen,
der seinen bösen Umhang aus den Augen verlor.
Nur das der Sommer die Sorgen liebt.

Leiden ist präsent geblieben.
Den Umhang eng verschnürt,
am Hals,
nah,
ganz nah.
Dort wo die Seele lebt,
in der Mitte,
im Kern,
ein Licht entweicht.

Wahrzunehmen,
Halt zu machen,
das Geben achtsam anzuregen,
womit die Stille den Frieden gab.

Entbehrt den Hass,
verzehrt den Weg,
entmachtet das Zeugnis,
im Verfall gesündigt,
angeschmiegt,
fort gerissen
um es zu belassen.

Ja, die Botschaft sichtet,
richtet,
auf Augenhöhe,
sie gibt Weite,
nimmt dem Träumer den Schatten,
dem Beschenkten die Armut,
dem Reichen die Angst.

Furcht erregend ist das Kommende.
Welches? Wozu? Warum?
Worin liegt der Sinn,
das Leben zu riskieren,
ohne jemals drauf zu achten,
dass die Wahrheit nach ihm trachtet?

Ankommen

Ankommen an einem Ort, wo ich die Zukunft nicht sehen durfte, nur weil die innere Bereicherung von unschätzbarem Wert der Güte die Auslagen nicht angedeutet hat oder der Zuweisung der Hoffnung nicht gerecht wurde? Hat das mich meinen Namen rufen lassen? Oh ich weiß, dass die Entfremdung vor einem steht, der sich von seinem Fortgehen berührt nicht zu schätzen lernte. Geflohen aus einer Zeit, die den Wahnsinn trübte. Geheuchelt vom Schwur sich dem gegenüber zu bessern, der mahnt, die Gefahren nicht zu erkennen.

Ich gab der Zeit, die mir Unzufriedenem sein Augenlicht gab, nicht die Beachtung, die es braucht, um mich dem Tod zu verraten. Ich wählte den Abend, der meiner Wunde entsprach, um mich dem zu widersetzen, was ich mochte. Der Verrat ließ nicht lange auf sich warten, denn die Zukunft bahnte dem alten Holz den Weg, der mich nach oben führte.

Weiß Gott, nicht dass die Armut die Seelen lieblos grämte. Groll unterließ selten das Tun, das mich fröhlich stimmte. Ja, es waren die Momente auf dem Fahrrad, auf dem mich die Luft umströmte, die ich so mochte. Ja, es war der Traum von einem Leben, das ich so nicht mehr wollte. Ich wollte den Pfad verlassen, der mich zur Wut führte. Dann, wenn der Gedanke der Ankunft kurz und bündig meinen Nacken würgt und gebrochen in seine Arme fällt. Die Sonne, sie wird dennoch scheinen, den beleuchten, der mich reizte. Der es wagte, die Revolte anzuzünden. Der es ablehnte, das wahre Wort zu hören. Schrille böse Töne durchfahren selten den zarten Nebel. Keine noch so feste Überzeugung unterschätzt die alte Geschichte, die eine Kindheit fraß.

Mir geschieht es recht, wenn Vaters Mantel auf mir lastet. Die vergangenen Stunden haben ihren Zweck erfüllt.

Ich schluck das Herz der Freude immer zu, das Gebrechliche war neben mir. Ich darf es bejahen und Zeuge sein, dass die Häuser den Brand damals nicht kannten. Denn der Zorn der „Alten Denker" weist nicht auf die Lichtung, die von der Wahrheit einst verwöhnt. Ankommen ist ein genügsames Gestrüpp, aber ich sehe da nicht mehr durch, denn es fehlt mir die Geduld zu beschreiben, warum ich das Licht nicht mag. Und wenn der Widerspruch die wilden Sprünge wagt, dann soll es halt so sein. Ich kann nicht wissen, welcher Impuls an meinen Nerven zerrt, welcher Zufall die Veränderung duldet und wieso ich den Untergang liebe, der meine Morgenstunde verdrängt. Den geschlossenen Pakt zu entschlüsseln, ist schon eine harte Nuss. Nur die Geschlossenheit nimmt das Gebot in mir wahr. Ja, der Hass war nicht mehr da. Der Morgen kommt und vergibt und der Schlaf senkt sein Haupt über mich. – Ein Gesetz aus Kindheitstagen. Wobei die Gefahr den Tag erahnte, dass ich das Bild der Angst in mir mit freier Hand so malte. Fakten habe ich verdrängt, und das ist ein Wink, um zu erfahren, wo nun die Ankunft mich umarmt. Aber dennoch ist die Zeit nicht mit mir konform. Wozu das alles? Ich mag es nicht mehr wissen, denn eben bin ich für Sekunden, aber wirklich für Sekunden angekommen.

Nur für Sekunden, und das ist viel.

Poesie im Rausch

Es wäre kein Problem entstanden, wenn ich einfach so sein dürfte, wie ich bin, wenn meine Gedanken mich nicht ständig attackieren und auffordern würden, die Illusionen meiner Fantasie so sehr zu vergiften, dass sie nie wieder auftauchen. Und wenn die Gedanken in meinen Empfindungen am Ufer der Freude etwas Nähe verspüren, dann könnte ich davon sprechen, dass die Illusionen nur eine farbliche Markierung meines Lebens darstellen. Die Aufforderung, alles infrage zu stellen, was meinen Weg durchkreuzt und bösartig ist, könnte dann mit dem Satz enden: Nichts ist geschehen!

Aber das ist billiger Kram, der den verblühten Apfelbaum in meinem Garten Eden nur noch weiter vergrämt. Aber es könnte auch ein anderes Übel auf einen warten: ein langweiliges Leben. Um das zu verhindern, sind ständige anstrengende Überlegungen nötig. Wozu? Ich möchte zu gern alle Probleme des Alltags lösen, keine Probleme ansteuern, um sie dann mit anderen „Alten Denkern" zu erläutern. Denn diese fortdauernden Erläuterungen und Diskussionen machen einen krank. Diesen Kreislauf zu unterbrechen ist eine seltene Zutat des Zurückgebens, eine gute Mischung aus vielen gemachten Erfahrungen. Nun, es sind Emotionen nötig, um aus der erlebten Geschichte zu erfahren, woher meine innere Unzufriedenheit kommt. Bücher, die von einer Welt des Friedens und der Güte berichten, nützen mir dabei nicht.

Gnadenlos ist das Haus über meinem Kopf zerbrechlich geworden, und ich spüre den einzelnen Regentropfen meine Stirn beträufeln. Ich kann den Arbeitstag an mir vorübergehen lassen und zuhören, wenn sich die Nachbarn den Streit mehr lieben als den Spielfilm im Fernsehen. Früher war es üblich, dass der Heimatfilm eine wahre Bedeutung vor dem zu Bett gehen hatte. Hier fand man sich wieder und bekam gesagt, wie wichtig man ist. Aber heute ist die Reklameflut bedeutungsvoller, nur daran interessiert, wie man sich der Liebe entzieht, der Sucht annähert und aus dem Maul stinkt. Ich wage es diesem Zweifel nachzugehen und die Opfer oder die Hilfe suchenden anzusprechen, denn die wissen genau, warum die Herzrhythmusmassage so wichtig geworden ist. Ich schaue in ihre Gesichter und sehe die tiefe Müdigkeit. Gestresste Zeit liegt hinter ihnen, der geschätzten Langsamkeit den Rücken zukehrend.

Diverse Aufgaben im mäßigen Stellungswechsel zu erfüllen, ist kein Thema mehr. Das ist veraltet, denn schnell und billig muss es sein, sodass das erbärmliche Leben nicht mehr zukunftsorientiert ist. Die Gesellschaft fordert sie auf, der Hektik zu verfallen, damit sie ihre Angst verdrängen. Es mag mal vorkommen, dass eine Kneipe irgendwo auf dem Weg zwischen Heim und Arbeit ihre Pforten öffnet, damit der ganze Frust mit Bier und Korn weggespült werden kann, aber selbst das ist vielen „Denkern" zu teuer. Sie gehen in einen Supermarkt und holen sich gepanschten spanischen Rotwein im Tetrapack, der ihnen dann die Erlaubnis gibt ihre Kinder zu schlagen. Nicht zurechnungsfähig, das ist das Zauberwort. Und schaue ich weiter in die arme Welt hinein, dann höre ich nur selten ein dankbares Wort oder gar ein freundliches Hallo. Die Gesichter richten sich stets nach unten, dort wo ein geleastes Smartphone die bunten Bilder aus Krieg und Not widerspiegeln. Spielekonsolen versüßen den Alltag der Kids, jagen alte Menschen auf die Straßen – grausame Realität: herbeigesehnt, eingefordert, gewünscht. Unruhe bahnt sich seinen Weg und wartet am Rande einer Offenbarung, die fast gänzlich die Hilfslosigkeit liebt, sodass ein sonniger Tag im Frühling gar nicht mehr richtig wahrgenommen wird. Kein Anzeichen von Solidarität ist zu spüren, obwohl diese den Weg zur Heilung weist.

Die Bedeutung der Dinge unseres Alltags müsste die Haltepunkte ausmachen, um zu erfahren, wo Hilfe und Dankbarkeit zu gleichen Teilen zu finden sind.

Ist der innere Drang nach Zuneigung, nach Zuhören, nach Vergebung bereits so vergiftet, dass ein Ego-Dramaspiel zu einem reinen Geduldspiel wird? Der Regie führt, führt auch die Armut und lässt dem Ermessen wenig Spielraum. Das reicht aus, sich mal in den Wochentagen den Briefkasten anzuschauen. Manchmal ist er leer, doch meistens ist er mit Rechnungen gut gefüllt. Rechnungen, die wieder Druck erzeugen. Ein Muster muss vorhanden sein, denn ohne diese Drohgebärden würde man denken, dass die Gesellschaft in sich zusammenfällt. Also ist das Schreiben eines Briefes nicht mehr modern. Zu langweilig, meinen die einen. Den anderen dauert diese Nachrichtenversendung zu lange. Ich kann das zum Teil verstehen. Ein Schreibprozess auf einen Bogen Papier braucht Ruhe und Vielfalt. Aber so geht die Verarmung des Geistes ihren Weg weiter.

Geht es nur um das nackte Überleben? Ich spitze die Sache einmal zu. Man sollte wissen, woher der Wissensdurst des leblosen Ego-Konstrukts stammt, um seiner Bereicherung zu entkommen. Die Unruhe bleibt und den Durst wird man auch morgen noch empfinden, da der Gaumen trocken ist und nicht benetzt wird. Der abgesendete Brief, der einen Wutausbruch beinhaltet, genügt im gewöhnlichen Alltag nicht mehr, er unterstreicht nur den Willen, früher einzuschlafen. Allerdings wird sich kein Gesetz dem beugen, da die Lebensansichten immer wieder verändert werden. Das sollte man wissen. Die Formen der Schuld sind verarmt geboren worden. Sie beschenken keinen Pfarrer mehr aus Dankbarkeit, dass er die Kirchen mit Betenden füllt. Das Kreuz mit seinen harmonischen Psalmen unten am Fuß geschrieben, sind nicht die Götter, die meine Haut berühren. Du sollst

Mutter und Vater ehren! Wer bin ich, der diesem Zuruf nicht die wahre Bedeutung gibt? Ist meine Seele erkrankt oder ist der Glaube in mir am Boden fein säuberlich zerlegt worden, der Sinn von einer heilen Welt in mir verdammt? Welche Lebensansichten und Motive, die ich aus meinen Träumen heraus verabscheue, sind mir noch geblieben? Ich renne meiner Poesie hinterher und suche ständig die Vergangenheit. Immerzu in Richtung von bedingungsloser Härte, von gnadenlosem Einfordern und herablassenden Gesten, die den Schmerz aufrufen sollen. Es ist wie ein eisiger Wind, der den Hals blutig öffnet und die Vergangenheit mag. Mit festem Griff erwürgt mich die Angst. Hier ist die schwarze Wand zu sehen, die auf einer Zeichnung blasser Küsse abbildet. Ich falle auf den nassen Asphalt, rupfe Blumen heraus und verschenke Tag für Tag das fremde Lachen.

Altes Holz überschwemmt meine Tugend, und ich hebe mich über dem Abgrund empor, der sich für mich öffnet. Fassungslos löse ich die Gitter vor meinem Fenster auf und genieße, eigentlich zu selten, die frischen Gedanken einer gekreuzten Zukunft. Und wenn es vorüber ist, hebe ich meine Tasse Kaffee und trink die Vergangenheit. Dann beginnt das Drama erneut. Die Jahreszeiten, die ich einst der Poesie verschrieb, werden es bringen. Ich muss dabei behutsam sein, um das Porzellan von Frieden nicht erneut zu zerschlagen. Fein säuberlich stelle ich es in das Regal der Gottlosen und probiere die Wut aus, die ich noch in mir habe. Es schmerzt. Es bleibt. Es brennt tief in mir. Ich könnte brüllen. Aber ich bleibe dabei. Ich stehe still und fühle die Angstwogen unter meinen Füßen nach oben kriechen. Man fühlt sich unwohl. Wie nett ausgesprochen. Die Spannung verlässt das Gemachte, das selbst Gebackene, das seltsame Ding, was unter der dünnen Haut wächst. Es knüpft den Knopf der Offensive zu und macht sie enger. Der Mantel meines Vaters versinkt im Bunten. Im zelebrierten Raster einer Kindheit werden Dankesworte nicht ausgesprochen, sie gehen ihren Weg allein. Stattdessen wird der Zeigefinger in die Wunde gesteckt. Der Stillstand in mir begrüßt den Feind. Der Horizont hebt die Hand. Er berührt den Himmel mit seinen Sternen, wo einst die Liebe an mich dachte. Und dann beginnt der Tanz, der am Zenit von Anfang sich mit der Unruhe vernetzt. Die Tränen sind mein Geschenk. Die Vorboten prüfen das Gerechte, das mir nie gegebene Geschenk, den mir gestohlenen Traum. Ich bin weiterhin verloren, abseits allen Geschehens. Ich drehe mich um, die rasende Fahrt stoppt. Ich hebe die Gesten auf, die mich mit dem Elend beglückten, die mich in den Abgrund blicken ließen.

Trübes Licht erweckt die Motive, die ein Aufbegehren verströmen. Und das ist es, was ich nicht wissen durfte. Der Kampf brach mir das Genick. Der Hafen in mir ist nun karg und ohne Pfosten. Die Qual versüßt jetzt meinen Traum und ich höre das Wort, das meine Angst besiegt. Und dann ist die eisige Luft mit der Wärme in mir verbunden. Fortwährend ist der Sog der Kälte um einen Augenblick zurückgegangen. Zerlumpt habe ich die letzten Kleider gefunden, die den Hals beschützen. Mit Neugierde, ohne Tränen. Mit Fahnen, die in der Brise sich finden. Mit Geduld, die einst die Schuld nicht wollte. Kein Blatt ist frei geblieben. Die Schuld verschont und ich sah die Poesie, die dem Märchen seinen Namen gab. Der Rausch der Poesie, die mich befangen macht.

Bedenkt

Der Wahnsinn,
verglüht auf dem Äther,
entzerrt aus dem Licht,
entpackt,
entwurzelt,
entehrt und
formell hübsch in die erste Reihe gesetzt,
um der Lesbarkeit zu entrinnen.
Grassierend ist der rote Punkt
in der böse lachenden Menge verblieben.
Wiederkehrend ist das alte Muster,
herzzerreißend,
widerlich,
schmerzempfindlich und
nach außen hin vertrieben.

Nach dem Takt ist der Kuss abgewandert,
verrutscht,
nachgetrocknet,
wagte nicht den Mund zu berühren.
Schulterlanges Haar in warmem Ton,
abgelichtet
in der Zeit,
vor dem Aus,
das den Tod nicht mag.

Langeweile ist der Rest der Schöpfung,
und man wisse,
dass die Reife nie erscheint,
wenn das Leben wächst,
die Glut in einem hasst,
die der Erfahrung widerspricht.

Das Verstehen ist zu erkennen
mit dem Sehen und
dem Anfang.
Von Anbeginn wird
das Kind zum Manne,
verbindet wiederkehrend Lasten,
wiedersehend,
gekrönt und ist dann entmachtet,
waghalsig fast vergessen,
dem Sumpf die Nähe von Angst verkündend.

Die Geschicklichkeit ist
dem Glück nur selten nah,
verharrt in einem,
unterwirft den Traum,
sodass das Motiv dem Dank entschwindet,
bis kein Bild wird gemalt.

Hut ab dem, der die Sinne mag,
der das Schöne dem Grauen schenkt,
der dem Hass vor dem Frühling gedenkt,
der dem Regen sich hat fest verschrieben,
mit der Reibung kundgetan,
fortgelaufen
und der letztendlich doch hat alle umgebracht.

Was ist eine Illusion,
die jenem Wesen nahe steht,
das sich im Spiegel schminkt,
um der Scheu mehr zu dienen,
als mit der Scham zu regieren,
die kein Denken kennt?

Bedenkt stets, dass die Gewalt den Zynismus
keinen lieblichen Walzer tanzen lässt!
Bedenkt immer noch, dass die Wahl
die Entfremdung lieblos verschont,
habgierig die Schonzeit vermisst,
die Wiederkehr verpönt
und dazu noch die Kerze löscht.

Bedenkt, dass der Altar
nahe am Eisgehege
die wilden Striche,
das Unbeschreibliche,
die unerkannte Wichtigkeit
der kargen Landschaft wenig achtet
und dem fremden Leben bösartig trachtet.

Das Gefühl zu zelebrieren,
wagt den Mut zu verdrängen,
ihn zu vereinnahmen und
sich mit anderen Gefühlen zu verbünden.

Der Pakt aus dünnen Seilen,
die den Halt des Lebens bilden,
nennt sein Geheimnis selten,
wurde nie verstanden,
ist unbekümmert,
fast skurril,
verjüngt,
von dazumal,
bekömmlich
und letztendlich
unhaltbar
mit der konfusen Wahrheit
gleich gesetzt.

Bedenkt, dass die Geschichte,
die keiner kennt,
die keiner liebt,
von der das harte Wort aus dem Herzen kommt,
zu gern alles verdrängt!
Fehlt die Vergangenheit, um sich selbst zu helfen,
sich zu orientieren,
nur weil das Ich es so will,
dann bedrängt das Lied,
das seinem Lachen dient,
mehr die Vorstellungskraft der Vernunft.

Oh je, wie schamlos das Gesicht zugedeckt,
wie Feige sein erscheinen!
Gewollt blieb es in den Erinnerungen liegen,
Habsucht war sein Kleid,
Gier sein Unvermögen,
Leid sein Preis,
der am Zenit sich ohne Licht so kleiden musste.

Und weiterhin bedenkt,
dass nicht nur Angst stets ein Begleiter ist,
oh nein!
Sie durchsieht,
gibt Weite,
heuchelt den Tag vor der Nacht,
und zelebriert die Vorsicht
an dem das erzählte Märchen nagt!

Es war einmal einer, der die Sicht verstellt,
der den Namen nicht kennt.
Gegenwärtig ist Wahrheit die kleine Größe,
die mit dem Gruß entschwindet,
aus der Kraft, dem Triebe dienend,
von manchen Utopien entbunden.

Wer weiß schon,
wer sein Leben liebt,
wer seinem Gedächtnis dient?
Wer hat es getan,
dem Kind seinen Namen zu geben,
ohne dem Willen zu trotzen,
ohne den Hass zu kosten?

Bedenkt doch endlich,
der Kampf ist verschwiegen,
er unterliegt denen,
die keinen Rat mehr wissen!

Bedenkt das mahnende Wort,
aus dem die Fantasie zu keiner Zeit entsprang,
weil die Bereicherung das Gleiche
mit dem Inneren stets vergleiche!

Die Sucht zerreißt die Plane,
Zufriedenheit die Rast,
Geduld mit leisen Sorgen,
doch nach dem Ziel gefasst
und über Grenzen hingetragen,
die Last gekonnt im süßen Traum verborgen,
weil die Sorgen, Güte und
die Gnade es nicht dulden,
nicht erfragen,
nicht erbringen,
was die Seele ohne Schaden
hat erduldet:
erhaben und gerecht.

Wie kann es sein, das man hat sorglos
das für gut befunden?

Oh man, wie wird die letzte Zeile
in der Schnelle noch die Angst versorgen?
Wie erwerben, wie erbringen,
wie erbost sich zürnen,
nur weil das Ich sich nicht selbst verletzt?

Das letzte Wort beginnt mit Treue,
wo das Vergangene mit Wehmut ward getränkt,
das vom ersehnten Dank berichtet,
weil es das kleine Kind einst war,
das manchen Stern der Liebe hat gesehen.

Bedenkt, das wäre wichtig,
dem Geschenkten zu entnehmen,
das Gütige,
den idealen Kern,
das Wahre dieser Zeit,
sodass zu jeder Zeit
ein Wunder hier erscheint.

Nur der eine Kuss ist geblieben

Ein Kuss erweckt in mir etwas, das nicht lebt und dennoch nach dem schmeckt, was ich als Kind für Böse hielt. Ein Kuss erinnert an Unentschlossenheit, an Kalkül und Unwohlsein, was mich innerlich fast verbrannte. Ein Kuss ist verwirrend, wie die geheimnisvollen Geschichten in der Tiefe eines Brunnens. Tiefe Brunnen spenden den Rausch rätselhafter Mythen, von denen man sich wahrlich schwer trennen kann. Ein Anfang, der mich ermutigt die Oberfläche zu berühren, um dem Rest des süßen Traumes zu danken. Aber es sind nur die Illusionen deren Nuancen mich berühren als wäre ich ein Bettelmann, der nie lernen wollte.

Ein Kuss entspricht der vagen Zeichnung meiner Geschichte – einer Geschichte, die in ihrer intensiven Art mich ständig verarmen ließ. Dazu war der Ruf zum Erwachsensein mir vorausgegangen. Jede Reife, die in mir die Luftblase zum Platzen brachte, genügte, um in mir den netten Jungen von „Nebenan" fortzuschicken. Wozu der brave anschmiegsame Bub sein, der die verhöhnte falschverstandene Schuld auf sich nimmt? Es wäre nie einem dabei gut ergangen, der die Schuld von hinten berührte. Und doch ist das Märchen von der Sühne umhergegangen, um der falschen Integrität nachzueifern, um den Segen von Unglauben abzuwenden – auch wenn ein Kuss die Begrüßung schützt und die Vorsicht wachhält, mich zu verführen. Denn die Vorsicht ist der Impuls, von dem man weiß, wie sehr die Liebe dem Trug ähnelt. Dem Verstand, der sich zwischen Schuld und Verurteilung heimisch fühlte und seit Jahren meiner Wut diente, wurde selten seine Missempfindung geglaubt. Nun, da müsste schon ein Wunder mir die Hand reichen. Aber es wird nicht gelingen, neu zu beginnen. Das Ende sieht keinen Anfang vor. Die Erfahrung ist am Rande festgefahren, nur weil der Kuss sich der Liebe anzugleichen wünscht. Vorsicht ist also geboten, denn nutzlose Erfahrungen sind ein Gut, von dem die Weisheit zu naschen beginnt. Mit Eleganz. Mit Edelholz, um der guten Nachricht zu dienen. – Möge der Reichturm in die Armut fließen und sich selten ein Geschenk gönnen. Wehe, wenn die „Alten Denker" von Schmerz schwer beladen über den Waschbecken die Ängste nachzeichnen wollen, die mir fremd geblieben sind. Ich halte jedenfalls den Schmerz nicht mehr aus und muss laut posaunen, wer ich wirklich bin.

Die Zeit wird es richten. Was für ein Sprichwort! Es ist der Klageschrift entnommen. Was hat es für einen Sinn den Kuss zu verstehen, der die Lippen fast berührt. Nur fast, denn Worte werden fallen. Vieles wird abgesprochen, angesprochen, vielem widersprochen, und das mehr als die Zeit verkraften kann. Meine Gedanken beschenken mich mit einem Lächeln, damit ich das Verlangen nach einem Kuss als Prüfung des Lebens verstehe. Und es wird geprüft, so viel ist sicher. Den Kommentar, der mich beschreibt, ist nie wahrheitsgemäß den Lippen entsprungen. Schadenfreude ist eine Muse, aus der die Erotik ihre Sätze schnitzt. Daraus entstehen dann die Puppen. Sie werden die Bereitschaft ansprechen, um das Kommende zu begrüßen. Das genügt nun, um mich bewusst dahin zu steuern, dass ich den Kuss dennoch mag. Ich will nicht das ablehnen, womit man das Alte bereits prägt. Außerdem ist es gut zu wissen, dass die Liebe von einst nicht die Liebe von dem ist, der sie als Gabe nicht erhielt. Fügungen erhaschen nur die Seelen, die offen für das Sehen gesegnet wurden. Nur der eine Kuss ist geblieben in seiner Bedeutung, in seiner Sehnsucht auf Erwiderung. Das nenne ich ein Wunder.

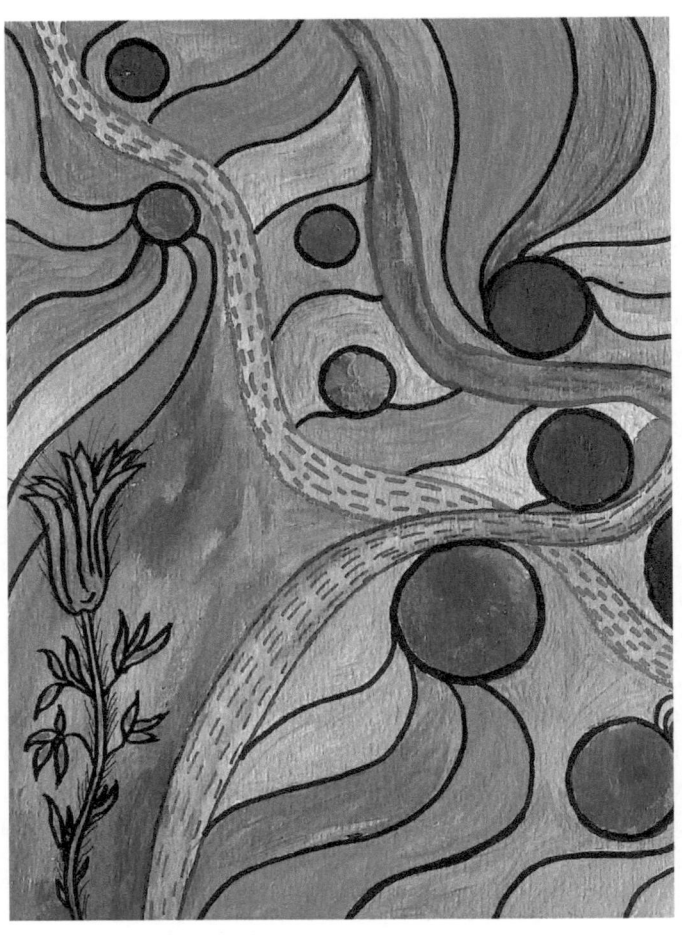

Geschichte

Gehört mir die Geschichte
oder nur dir,
euch allen gemeinsam?
Wann wurde die Idee geboren,
im kleinen Maßstab verachtet,
umgedeutet,
falsch verstanden?
Wurde der Geschichte von einem Ich
nur mit dir,
mit euch gemeinsam und
zu jede Zeit gedankt,
oder wurde sie missdeutet,
solidarisch geteilt?

Die Wahrheit wagt zu entkommen,
ist dem Betrug befangen:
ausgeliefert,
hat sich ausgereizt,
ist dem Geschick nachgehetzt,
mit verwelkten Blumen,
die den Sinn des Lebens verstehen.

Horche dem Winde zu,
der im Ergebnis Unrat zeugt!
Grandios sind die Erleuchtungen,
die sich wie kleine Späne in der Asche offenbarten,
die zersplittert auf den Boden sind gefallen.
Und wenn die Geschichte
das Grobe und
mit Kirschholz vernarbte
in Ehre widerspiegelt,
würde der Himmel dem Berg wünschen,
den Galgen nicht zu ordern.

Der Henker würde das Weinen lernen und
in der Wiege alles Fremde entfernen,
bis ein Reich verbrennt.

Gnade ist ein Balsam, ein gutes Wort.
Das wäre die Sendung,
die Post ohne Boten,
denn der Herr steht immer neben mir.
Ach, es wäre der Weg der Wege,
der Pfad nach „Nirgendwo",
als müsste die Kunst die Karte sein,
auf der die Frage steht:
Was ist die Geschichte wert,
die den Mangel wünscht,
die den Überfluss rief und
dem Ankommenden die Gabe verweigert,
den zähen Wunsch nach Frieden,
endlos, wahllos, gnadenlos?

Hätte die Narbe im Gesicht,
nah am rechten Auge,
den Funken berührt,
um dem Hass ein Zeichen zu setzen?
Oh, wie schade!
Das Gepriesene erzeugt keinen Respekt,
um die Lade zu füllen,
weil das Warum nicht rein gehört.

Momente aus der Angst heraus
versenden leere Blicke.
Sie geben die Hand der scheuen Seele,
um den Rest zu erkennen –
mein Gut, meinen Satz der Liebe,
die längst verloren schien.

Doch Achtung, der Blick kann täuschen,
das ausgesprochene Wort
der reinen Lüge wird bleiben!
Die Lippen stillen die Wut,
werden getrocknet,
behütet,
gesalbt,
ohne dem Gesagten die Bedeutung zu geben.

Hurra, die Geschichte nimmt ganze Formen an.
Der Traum ist leicht angekratzt!
Die Idee einen Baum zu machen,
ohne Rinde als Schutz,
das ist ein Versehen,
ein Fehler, den keiner sah.

Verdammter Mist,
hört denn keiner zu?
Da ist der Punkt,
der die Geschichte bereits erkennt.

Mögen die Szenen von einst,
die den garstigen Hintergrund zeigen,
die aus Langeweile verweilen,
gehetzt inmitten der Wut,
überfordert, ungerecht behandelt,
wo nur der blanke Wahnsinn schreit,
den Abgrund beschreiben,
um den Knecht nicht zu wählen,
der das Licht nicht erkennen will.

Bei der langen Wartezeit wäre Geduld von Nöten,
die aber längst verloren ist seit Tagen,
die mich beengt aus Unwissenheit und Magie,
verstreut drum herum von feinster Poesie.

Das ist in mir kein Freund von Gut und Böse,
von Gabe und Genie.

Man muss auf die Speisen verzichten,
ohne den Wein zu genießen,
in der Hoffnung den Sieg zu erklimmen.
Und weil der Zwang dem gegenübersteht,
ist mein Verlangen
ohne Gier und Verstand.
Sanft gleitet mir die Liebe aus der Hand.
Nur weil sie keinem gefiel,
wurde die Geschichte in mir,
nie gepriesen.

Gehört mir die Geschichte?
Ich kann sie nicht entziffern,
zu keiner Zeit mich daran bereichern,
da der Bettelmann nur zu wettern wagt:
Ich bleibe bei dir und
geh an dem vorbei,
der dich kennt!
Höre nicht das Wort, das deinen Namen verschweigt,
und fühle nicht die Zeit, die keinen Sinn ergibt.
Lass die Illusionen den reinen Witz erzeugen,
das Getöse fremder Angst,
um die List zu empfangen,
die die Leere fühlt,
was die innere Stimme nicht ruft.

Das müsste es gewesen sein,
um nur einen Tanz zu üben und
den Streich zu lenken,
der meinen Bluff verjüngt.

Das müsste allerdings gelesen werden.
Das Chaos hat stets über mich verfügt,
hat mich langsam arm gerühmt,
allein zurück gelassen,
um mich schließlich zu verlassen.

Gehört mir die Geschichte immer noch?
Sie rügt und bleibt doch ein bisschen vergnügt,
als wäre ein Zeuge darüber erhaben,
um die Trauer zu erhaschen,
die mir der Spiegel wiedergibt.

Um zu genießen, dem Groll zu entkommen
und dem Gehörten zu glauben,
ist mein Wesen längst im Kommen.

Oh, nur das ist noch zu bedenken!
Das Gehörte ist kein Beweis
und wird kein Leben je schützen.
Nur das eine, was ich sehe,
was mich berührt und wachsen lässt,
wird der Liebe nur gerecht.

Süchte

Es macht mich süchtig dem Klang des Aufspringens einer Magnolienblüte zuzuhören. Stumm gebe ich mich dem Duft und der Schönheit hin.

Es sind Wörter meines Briefes, die einen lieblichen Sinn erzeugen und mir das Leben zeigen, wie es ist. Leise Töne Laute finden den nervösen Schlaf, und ich sehe im Traum die Zerstörung meiner Kindheit. Oh, welches Maß ist der Wahrheit gewachsen, die mir das Licht gezeigt hat? Eine unbestimmte Menge von Düften macht das Kriegsfeld melancholisch, rätselhaft, chaotisch, zerwühlt vom Muttermund verstoßen.

Ich traue nur dem, was fühlbar ist. Im Wiegenlied sind die Zeichen brisant, bunt, verschiedenartig angezeichnet. Dessen Symbole will ich nicht kennen. Der Regen wird fallen. Die Süchte erhalten ihre Energieresonanzen von dem, der den Zweifel liebt. Von Linien, deren Kreise nicht gezogen wurden. Furcht wird den Mut begleiten. Die Mühe, Dank und Wiedersehen zu beschreiben, kann sich der Flucht nicht beugen.

Ich bin dem gehörten Laut der Wut gewichen, um die Fratze des Bösen zu erklären. Es macht mich seltsam stumpf im Inneren, und arm. In tiefer Stimmung versunken, ist der Tag selten von mir so gut erklärbar zu erkennen. Die mahnenden Töne geben dem Wind die Zeichen, um den Aufstand zu begründen und mir einen Spalt der Zuversicht zu öffnen. Wenn schwere Sorgen mit der Last des Eides beschworen den Illusionen nicht den Sieg gönnen, das wäre schon ein Preis wert. Eine Errungenschaft. Ein Gewinn. Und das muss genügen, den Schacht in mir zu öffnen. Ich verweile kurz darin und gebe dem Traum die Hand. Gedankt sei den Henkern, die sich der Abwehr widmen, um den Gedankten zu töten. Den Gottlosen wird der heilige Text genommen, der angeblich die Wahrheit bedient. Das wird geschehen. Es ist bereits vor dem Leben festgelegt worden, dass kein Zufall auf ewig dauert.

Lasst dem Schmerz gnädig enge Nähe zu. Gnade ist ein falsches Wort, aber es macht mich süchtig den Gedanken zu belächeln, der den Stolz nicht mag. Eilig schaue ich über den Rand der Unvernunft hinweg. Oh mein Gott! Wiesen blühen, die den Ostwind lieben. Bewegungslos sehe ich mit den Augen, die Vergesslichkeit an sich ziehen. Den Bereich zwischen Himmel und Erde neu zu beschreiben, da würde ich in der Sucht keinen neuen Anhaltspunkt mehr finden. Deshalb unterliegt mir das Zugeständnis, dass die Süchte den roten Apfel im Baum dem übergeben, der das Zuhause des Glaubens kennt. Jenem, den ich hätte heute treffen können und der mir erklärt, wie die Sucht sich der Liebe offenbart, damit ich den Glauben in mir aufbewahre und ihn nachlebe.

Die Hand zu geben

Ein Satz,
ein Wort,
ein Ich
heraus gerissen.
Gebrechliches Licht,
entstehendes Muster,
gebrochene Linien,
mit dem Kreis verbunden.

Ein Sehen,
ein weiter Blick,
ein Raster von feiner Seide,
verborgen in der Nacht,
verhangen,
das Verlangen gesehen.

Verletzt,
im Winkel versteckt,
wenn es wagt
die Wucht zu dämpfen,
den Zorn zu laminieren,
den grellen Gruß zu streuen.

Verarmt in der Sucht geblieben,
was den Gefallen aufschreckt,
aufhellt,
aufregt,
angeregt,
dem Verlangen nachzuäffen.

Ich kann es in mir aufrufen

Ich kann es in mir aufrufen und davon ausgehen, ich wäre heute mit mir zufrieden. Ich wäre mit mir im Reinen, wenn da nicht die Substanz von unverdauten Gedanken wäre. Mir geht es gut, aber nur nach außen hin, wenn ich das Lachen vergesse, wenn der übergrünte Pfad mit seinen aufblühenden Magnolien die zweite Blüte bringt. Ich kann den Ruf des alten Mannes noch hören, der mir sagte, ich würde den Anschein machen als wäre großer Hass in mir, von dem ich dachte, dass er meiner Herkunft zugehörig ist. Aber es ist nicht so; ich sollte mich lieber von dem entfernen, der mir den Hof dreckig macht.

Es sind Momente der Verzweiflung, in denen ich die Rosen nicht sehe. Sie nagen weiter an der Verzweiflung, an der Nachahmung und wollen mich angeblich zum besseren Menschen machen. Sie sehen auf mich herab und würden dem geizigen Bauern von nebenan mehr geben, als mir von Beginn an die Hand zu reichen. Bloß, die Hand war leer und schmutzig dazu. Die Jagd wird weitergehen und ich werde den Gejagten mein Gesicht des Krieges zeigen.

Grenzen, die mir die Gräber der Leichen zeigten, sind seit Jahren überschritten worden. Sie umarmten den Tod, der ihnen die Fahnen der Versöhnung herunterriss, und versanken im Mitleid. Ohne dass sie es merkten, fuhren sie allein zum Schafott und haben mich nicht gefragt, ob auch ich diese Zuneigung haben möchte. Der Zwang nahm mich an die Hand. Unzufriedenheit ließ seine Ketten fallen. Dem Sog nach Dummheit, nach Absurdität und einer königlichen Arroganz war es zu verdanken, dass neue Angst auch neue Wege fand. Ich sitze auf einem Stuhl in der Sonne – an dem Ort, wo die Enge für mich neu definiert wird. Ich könnte mit einem Stuhl im Regen sitzen, die feine Zufriedenheit leicht umrahmen und dabei eine Musik einstimmen. Doch das ist nicht erreichbar, weil es nicht Liebe ist und nicht das Bild, was ich vor mir sehe. All das ist nicht meine Vergangenheit, nicht fühlbar für mich, nicht präsent, nicht lebendig, nicht in mir. Die verbliebene Zeit wurde abgetragen, aus der Ferne regiert, gelöscht, gehemmt. Ich kann es in mir aufrufen, das Göttliche. Das Gebot, das mir den silbernen Ring vom Finger streift. Ich würde in meinen Gedanken den Frust erkennen und das Feuer der Wut löschen, welches meine Nerven verbrennt – im Zentrum meiner Magie, die ich nie haben durfte, obwohl ich sie erbat. Zu keiner Zeit durfte ich den Höhepunkt von pulsierender Emotionalität erfahren. Wo waren die Boten, mir das warme Brot zu reichen? Kein Krümel hätte sich einen geschmackvolleren Moment aussuchen können. So hat auch der Verzicht seinen Preis erhalten. Und dem war so. Niemand hat sich mir mit Dankesworten genähert. Zu keiner Gelegenheit war der Funke vergangener Schulnoten präsenter in mir aufgegangen oder hat den Eiter abgetragen, der sich mir im Rachen fest verzurrte, um meiner Ohnmacht zu folgen. Nur die Tränen schränkten sich ein. Und die Halle der Wahrheit durfte ich nur selten betreten. Mein Gefühl schwabbelte in der Tasse umher und ich stellte fest, wie kalt der Boden wurde. Die dunklen Farben meiner Betrübnis, die meinen Seelenzustand mehrfach ausgezeichnet haben, sind am falschen Ort – dort, wo der dünne Faden des Gefühls zerreißt, wenn ich es nicht schaffe das Fenster zu öffnen. Der Spalt zwischen Rahmen und Fenster war schmal, und doch kroch die frische Luft, die ich brauchte, um den Dialog mit mir zu schreiben, hindurch. Dabei ist kein einziges Wort über Bedeutung, Rache oder Gier gefallen. Die Oasen meines Friedens habe ich noch nicht wieder aufgesucht. Deshalb muss ich weiter dran bleiben, um meinen Namen besser kennenzulernen.

Groll ist kein Tanz der Melancholie, sondern ein Tanz, der die Einsamkeit sucht.

Der letzte Satz

Verloren ist,
der sein Pfand liebt,
der aus dem Gehege alles niederschrieb.
Gefühlte Angst,
ein banger Ruf zuvor,
mit Tränen beschenkt,
in blassen Farben getönt,
dem Trieb gescholten,
dem Gerechten alles abgegolten.

Der letzte Satz,
der vom Gebot geschrieben,
der seiner Schuld gewichen,
der nur der Gier gefrönt
im Abendrot,
verlangt nur Lohn.

Worte, dünn und
in Demut auserkoren,
sollen ein Rätsel lösen,
das dem Wahnsinn gleicht.
Wie kann man denen es reicht
die Hand geben?

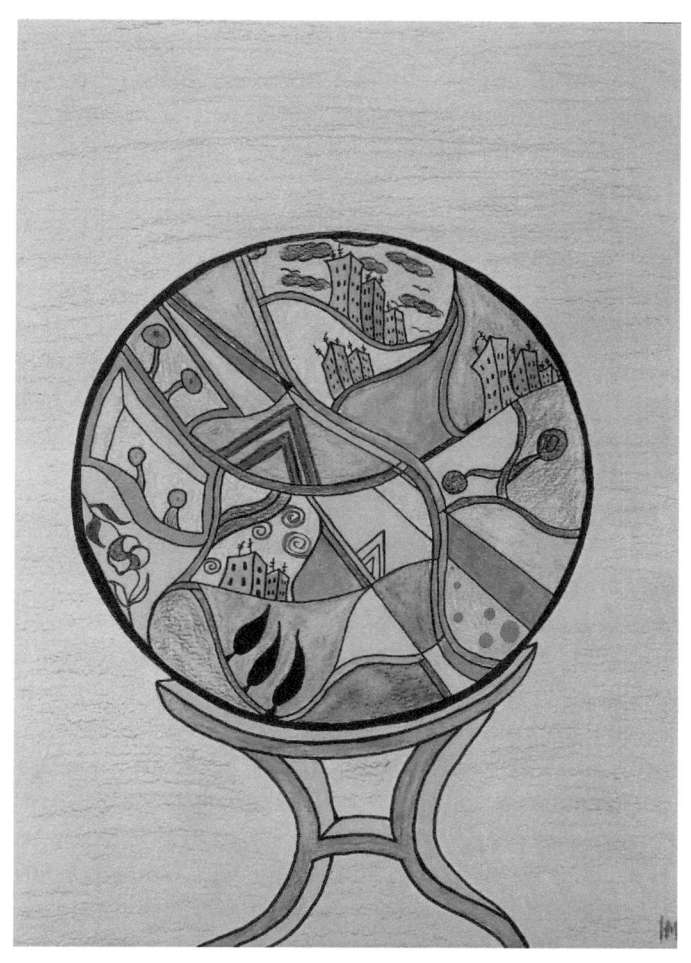

Sehnsucht

Schon in diesem Moment konnte ich wahrnehmen, dass das Gedachte, mit kuriosen Sehnsüchten vollgepackt, aufflammt. Deshalb wäre es prekär hier weiter zu schreiben, denn ich weiß, dass die innere Leere kein ideales Bild abgeben würde, um es bunt zu bemalen. Daher ist es mir angenehmer, die innere Verkommenheit zu träumen, als ständig die Welt, die sich in der Realität einen Namen macht, zu verändern.

Ein Muster wird sich nie anpassen. Ich kratze mich schon am Hals, wenn ich nur daran denke, dass die Wahrheit das Leben jeden Einzelnen verändert. Um sich der Ehrlichkeit die Treue zu halten, würde ich hier den Versuch starten, den Moment unbegründeter Sehnsüchte zu unterbrechen. Ich glaube zu wissen, dass die Sehnsucht in der Anfangsphase nicht viel anrichten kann, wenn die Missverständnisse an der Quelle verweilen und sie nicht weiter verfolgt werden. Und das mag für mein inneres Empfinden, für das ich ein Bild ohne Motiv vorziehe, ohne den Sinn zu erläutern so bleiben.

Wozu sollte ich den auch Sinn erfahren, wenn nicht schon die Erinnerungen ganze Arbeit leistet? Ich meine, dass die Erinnerungen einen großen Anteil daran haben, dass die Sehnsucht den Olymp für sich in Anspruch nimmt, um ein wenig Glück in der Seele zu installieren. Wehe dem, es wird die Frage gestellt, warum Sehnsucht nicht erkannt wird, wenn sie die Erläuterungen zur Seite nimmt, die den Anlass in keiner Art und Weise korrigiert. Ich würde mich nicht ändern wollen, wenn den trockenen Boden mit Wasser anfeuchten müsste. Ich würde es tun. Die Lichtquelle wählt dabei den zentralen Punkt, um den Dunst meiner Angst ständig zu stören. Und das ist der wahre Grund, der mein inneres Gefühl in diesem Moment in einen erbärmlichen Zustand versetzt. Und das schon seit langer Zeit. Leider Gottes geschehen diese Momente draußen auf der Straße, wenn z. B. gerade eine Fußgängerampel auf Rot schaltet, sodass ich die Straße der Sehnsucht ohne Gehhilfe nicht überqueren darf. Ich kann meine Geduld einladen, diese Dramen anders zu betrachten. Das würde meinen Gedanken eine Unterstützung geben, die ich seit Jahren nicht bekam, nämlich an die Liebe zu denken.

Der fehlende Schlaf ist zu keiner Zeit aktiv. Es würde ausreichen die Musik in den Ohren leiser zu stellen. Denn der Krach und der dazugehörige Stress machen die Venen immer enger. Kein Wunder, dass der Herzinfarkt die Möglichkeit erhält, sich seine Ruhe zu erzwingen. Wer kennt schon den Weg der Krankheit, der einen dazu auffordert, Heinrich Zille in den weiten Fluren einer Klinik still und im Zugwind stehend zu genießen? Im gleichen Atemzug werden aber im Saal die diversen Diagnoseschlüssel von erfahrenden „Alten Denkern" im weißen Kittel umhergeschrien, sodass man denkt, verrückt geworden zu sein. – Ich wollte davon Abstand nehmen, diesen Palästen den Rücken kehren und einen Weg gehen, der mit Kaffeeduft und Croissant meinen Appetit mehr auffrischt als die Traurigkeit.

Eine Erfahrung legt sich sachte nieder und ich darf im Traum ein Café betreten, in dem die Fantasie ein Zuhause finden kann, und das ohne eine Untertasse, die sich der Vergesslichkeit widmet. Das schöne Blumenmuster, das mir gerade dazu einfällt, hat den Rosenstock nicht verdient, wenn man in der Wut einen heißen Kaffee trinken will. Ich kann mich nicht beherrschen, und das liegt daran, dass ich durch Magnesiummangel einen Wadenkrampf habe. Ist das nicht ein Wahnsinn, dass ich ans Kaffeetrinken denke und gleichzeitig an die Sehnsucht, nur für einen kurzen Augenblick auf ein Blatt Papier zu zeichnen?

Geht mein innerer chaotischer Strömungskanal seinen eigenen Weg entlang, wo ein Widerstand die Bewegung in mir wahrnimmt, wo die Kraft ausreicht, die Pforte zu öffnen? Nur diese einzige Sekunde müsste es sein, die mich in Gedanken dort hineinzieht, wo ich die Maßgabe erhalte, das vergangene Leben hinter mich zu lassen. Das Bild der Entstehung verlangt keine Rückkehr, um es zu wiederholen. Ein kurzer Augenblick vom gegenüber liegenden Wahnsinn könnte ausreichen, die Rückkehr einer Vielzahl von Erinnerungsmechanismen herbeizurufen. Und sie werden kommen. In Massen. In gewaltigen Dramen werden sie den Trog füllen, um die Angst zu beherrschen. Eine unaufgeforderte Abkehr meiner Gedanken würde meine innere Aufwartung von Wut nicht verlassen. Die Wut würde das Ruder übernehmen, um meiner Duldung zuvor zu kommen. Es wird geschehen, weil die Sehnsucht fremder Wesen das Entgegengesetzte von dem darstellt, das nicht ich spüren durfte oder nicht wollte, das keine Liebe kannte. – Ein Irrtum? Zu früh? Unfähig zu erahnen, dass ein Gefühl dem Kind schon früh schadet? Sich dem bewusst zu werden, dass eine Zufälligkeit nicht dessen Namen kennt, der den Beziehungsstern sieht, nur weil die Resonanz des Bösen dem nicht entgegenstand?

Widerstände prägen die Geschichten, die sich bei mir in den Jahren der Kindheit langsam begannen anstößig zu verhalten. Überlebenskampf in einer Zeit des Wandels. Der Preis war nicht bezahlbar. Der Kampf war längst verloren, bevor er begonnen hatte. Alles schob ich beiseite, um den Weg zu sehen, der für mich gelten sollte. Ich suchte vergebens ein Fundament, ein Fragment der Stille, das mich rettete. Wie konnte denn die Fröhlichkeit einziehen, wenn Zeitschriften mit dem Titel gedruckt wurden: *„Wie lebt es sich mit falsch verstandener Liebe?"* Sie wurden keine richtungsweisende Empfehlung für mein

Leben. Die verborgenen Verletzungen, die meine Geschehnisse balsamieren mussten, um dessen Heilung anzustreben, hatten dem kläglichen Versuch standgehalten, die Sehnsucht neu zu betrachten. Ich meine, das war die einzige Möglichkeit die wenigen Zutaten der Hingabe zu finden, die ich in den auffrischenden Kindheitsdramen stets verloren glaubte. Ohne bei sich selbst festzustellen, was ein Gefühl mit einem macht, wenn die Balance in der Seele versucht zu kippen, wäre die Dankbarkeit vor dem Pfad der Unzufriedenheit fast verloren gegangen. Um das durch eine Heilung zu generieren, wollte ich den Krieg in mir für eine kurze Zeit vergessen. Dabei ist zu erwähnen, dass die innere Arroganz der Reinheit, der ständigen Leugnung der eigenen Geschicke eine latente Angst produziert.

Wie ein Wächter steht sie vor einem Holztor, der die alte Zeit hinter sich lässt, um so die fettige Made der Unlust zu beruhigen. Das feuchte Moos, getränkt von den unzähligen Tränen, begibt sich an einen Ort, wo mein fast vergessenes Gefühl auf eine besondere Art der Gabe hinweist. Grandiose Welten, die aus dem Chaos verschwinden, breiten sich am Himmel aus. Sie werden der Geduld ein Geschenk machen, und das wäre die Resonanz meines Lernens, meiner neuen Erfahrung, der ich Dank schuldig bin. Ich fahre hoch und beginne am Gipfel die einst verlorenen süßen Nüsse der Harmonie zu pflücken – an die Stellen, wo es keine Zukunft gibt. An die Orte, wo die Utopie eine Langsamkeit für mich bereithält, die das Denken ausschaltet. Denn ich möchte den Willkommensgruß verpassen, um die reine Zuversicht nicht zu enttäuschen. Dadurch bleibt nur ein Krümel Hass auf dem Teller übrig, den ich mit meinen zerklüfteten Fingerspitzen nicht berühren möchte. Der wahre Grund ist aber nicht der Regen oder der Groll der Unvernunft. Oh nein! Es sind die Hierarchien von impulsartigen Szenarien, die mich bewogen der Frage nachzugehen, warum ich leben will. Der Unwille in mir wird seine Sprache verlieren, und ich kann die Sonaten meiner Freude wiedergeben, weil ich meinen jahrelangen Hass überwunden habe. Es würde den Tag, der sich mit dem höchsten Sonnenstand vereint, nicht stören, wenn die Wahrheit den Gebenden nicht sieht. Der sie empfängt und sich am Schatten seiner Gelassenheit erfreut, würde den Selbstbetrug so beschreiben, als würde der faire Unsinn ein wahrer Grund sich selbst umzubringen. Dabei ist die Sehnsucht mit keiner Silbe berechtigt dort einzugreifen, wo die Sensibilität in mir am höchsten steht.

Das elende Pack von langen Depressionsgelagen würde sich dem beugen, wenn ich nicht in die Lage kommen würde, nur ansatzweise über die Sehnsucht nachzudenken. Die Gerechtigkeit mag den positiven Aspekt der Ideen, die in seltenen Fällen meiner Liebe gern frönen. Und doch sollte die Vorsicht neben mir stehen, wenn ich den kostbaren Moment der Sehnsucht zu sehen bekomme. Um ihn genießen zu können, würde ich keine Musik brauchen. Nur Stille, die eine feine Würze der Begegnung bereithält, würde ausreichen.

Diese Überlegung lässt mich erneut darüber spekulieren, warum ich ständig die Unzufriedenheit mit mir herumtrage. Vielleicht ist es angebracht weiterhin zu spekulieren, warum die Ebene einer Angst mit einem Ball spielt, von dem ich schon jetzt weiß, dass er nicht das Tor der Offenheit erreicht. Keine Zeile aus einem Buch würde mich beschreiben, wie ich wirklich bin. Und das macht mich traurig. So traurig, dass die erwähnte Sehnsucht den Aufruf startet: „Komm nach Hause, um den zu erreichen, der das Licht entzündet!"

Der Raum in mir kann die Dunkelheit behüten, solange der Wille in mir den Weg verdrängt. Solange die Klänge im Raum erschallen, wird die Zukunft, die meine Geschichte mit der Sehnsucht erfrischt, nicht gelesen werden. Und so ist das Gegebene in mir weit verstreut. Es sind die einzelnen Teilstücke, aus der meine Sichtweise im Licht zerschnitten wird. In kleine Moleküle, mit denen der Glaube seine Facetten korrigiert, weil er keine Tugend erkennt, die über meine Kindheit berichten könnte. Ich kann die Sehnsucht auffordern, den Zeilenblock mit schwarzer Blockschokolade zu bestreichen, die keiner Erotik angehört. Und doch ist mein Wahnsinn, der aus reiner Verzückung entstand, heil geblieben. Mehr noch. Die Wahrscheinlichkeit, mich dem unterzuordnen, geht zurück. Dafür habe ich die Vergesslichkeit ausgerufen, weil diese eine Art von Erinnerung mich selten berührt.

Was herrscht nur für eine kleine Welt in mir? Dabei hat der Traum, der sich dem Mutterboden nähert, um sein Wachstum zu regeln, nie angefangen. Die Beete lassen den nassen Boden in sich ruhen, um dem Keimling das zarte Grün zu schenken. Wachse und reiche dem Blatt die Ehrfrucht. Wie beispiellos sind die Erfahrungen, mich in einfachen Dialogen zu verfangen und die Erwartungen hochzuschaukeln. Es sind Erwartungen, die keine Hoffnung prägen, die den Schlaf nicht mögen, die der Ruhe ausweichen und dem Glück den Rücken kehren. Die immerzu den Leistungsdruck entzünden, der mit dem Magen den krebsartigen Gesang einstudiert, um den ersten Akt mit Bravour zu meistern – ohne Pause.

Die Natürlichkeit präsentiert den Bauern, der die Feldarbeit ohne Verstand ausübt. Und geht es gut? Für eine kurze Zeit? Mag sein. Aber dann wird das Buch der Besinnlichkeit aufgeschlagen. Die Seitenzahl verschlägt einem nur für kurze Zeit die Sinne, und dann geht es weiter, um das zu beherrschen, was nicht erlaubt ist. Mein Name verfehlt das Verzeichnis. Auch die Fragen, wer ich bin und wer den Mantel meines Vaters mitgenommen, der mir die Luft zum Atmen nahm. Kein Leid ist zugelassen. Keine Träne will den Psalm zu Ende schreiben, ohne die Gewissheit, dass der Tod nach der Vervollkommnung langsam an die Tür klopft. Leises Getuschel, das einmal das Gespräch widerspiegeln wird, wenn sich Götzen im traurigen Dialog gegenüberstehen. Rüdes Verhalten mit scharfem Unterton, in dem der Erwachsene seinen Zorn sichtbar macht. Und gerade diese Szene ist die Grundlage meines Lebens, die mich vom offenen Fenster wegzieht, wo mir die Freiheit einer unberührten Natur zuwinkt.

Der Bruch war zuckersüß und der Gesang meiner Mutter war zu hören. Leise rascheln die Worte der Ermahnung und ziehen mich nach unten, von wo mein Schweigen entkam. Früh und geradlinig ist der Takt des Überlebens in mir erwacht. Alles blieb um mich herum hellhörig, andächtig, fast farblos, schrill und mit blassen Tönen an mir haften.

Rosarot war einst der Traum am Abend, der mich mit Namen leise ansprach. Ich musste an Kraft zulegen. Meine Energie ließ mich nicht los. Kein Buch wollte mich sehen. Der Lichtstrahl, der am Tellerrand zerbrach, verkroch sich unter meinen kalten Gefühlen der Lustlosigkeit. Ich ruhte in mir und gab meiner Idee die Aufmerksamkeit, um den habgierigen Idealismus zu verwöhnen, der mich verhungern ließ. Mein Zustand der Euphorie nahm seine Reise an, und ich konnte für einen kurzen Moment erfahren, woher dieser Schmerz kam. Ich bemerkte nicht gleich, dass Wehmut und Mitleid ihre Pforten weit geöffnet hielten. Es fühlte sich an, als ob ich in einen leeren Karton fassen würde, der sich doch, wenn ich meines Weges gehe, schwer tragen ließe. Was für eine Illusion, die mich nur erzürnte, statt mich zu besinnen, woher dieser Hass seinen Anfang nahm. Und dann war da ein Bild in mir, von einem allein stehenden mittelgroßen kahlen Baum, der auf einem weiten kargen Feld stand. Hinter ihm ein grauer verhangener Himmel, der den Sturm wachsen ließ. Die Rinde gab dem Baum Schutz. Die Muttererde mit seinen Grasnarben gab mir ein Zeichen zu kommen. Ankunft. Dort einfinden, wo Unruhe und Chaos das letzte abfallende Blatt vereinnahmten? Keine Antwort. Der Klang von Entrüstung machte sich in mir breit. – Horche zu, was die Natur dir zu erzählen versucht! Spüre unter deinen Händen die feuchte Zukunft! Sie ist getränkt mit deinen Tränen.

Aber dann, wie aus heiterem Himmel, flog ein schneller Schatten über mich hinweg. Ich konnte nichts sehen. Weiße Flecken tauchten in mir auf. Leise Rufe schallten durch den Wind. Aber was konnte es sein? Wieder der eine Zufall, der meinen Weg kreuzt, ohne mich zu fragen, ob ich das Geschenk haben möchte? Und dann die Zukunft, die keine Worte kennt. Erst den Ansatz verfehlt und dann plötzlich den Groll gerufen, als wäre die Schande nur reiner Wahnsinn und nicht Vernunft. Und wenn der Wahn sein Spiel beginnt, was hätte ich dem Chaos da bieten können, um die böse Sieben loszuwerden? Als müsste das Spiel noch mal erfunden werden.

Der nackte Verzehr nach Wahrheit und der Verzicht auf Arroganz erschrecken meinen Gaumen. Ja, grausam erleuchtet die Hölle sich selbst und verdrängt zu gegebener Zeit den Impuls der Freude, die mir vorenthalten wurde. Und das ist der Punkt, der mein Feuer entfacht, der die dunkle Seite gnädig überreicht, sodass ich selbst das Vergangene nie mehr sehen möchte. Wozu soll ich auf das zurückschauen, was nie am Leben war? Wozu von einer prägnanten Ankunft träumen, nur weil die Angst in mir das ausspricht, was ich nicht begreife, wozu die Illusionen am Leben erhalten? Verfüge ich etwa über eine Wiedergabetaste, mit der ich in kleinen Szenen das Resultat meiner Erbfolge beschreiben kann?

Ist der Abruf mein Fundament der Unruhe oder ist meine Wahl, mich noch mal zu verändern, keine Entscheidung würdig? Das Gesetz der Neutralität gewinnt in mir eine tiefe Schwere, und ich dürfte dem negativen Gerede der „Alten Denker" nicht folge leisten. Denn sie gehen ihren Weg allein. Sie bestimmen den Ton und führen den Schwächeren an einen Ort, wo eigentlich jede Hilflosigkeit meinen Atem stillstehen lässt. Ich spüre es. Und die Unruhe, die erneut eine Sehnsucht nach Frieden entfacht, nagt in mir. Ständig sind die Angebote am Leben und ich verfalle in einen Strom von Willkür und dramatischen Auseinandersetzung, bei dem ich das Ende nicht finde. Zu keiner Zeit in meiner Kindheit wurde ein Geschenk für mich bereiten gehalten. Und ich glaube, dass ich heute die Vergangenheit mit einer besonderen Sehnsucht tränken möchte. Die Freude wird dem Gesellen den Weg zeigen. Und ich, ja ich, kann daraus nur lernen, wie sich die Sehnsucht ihre Farben aussucht, um mein Leben zu retten. Schon in diesem Moment ist mein inneres Bild eines gehetzten Mannes etwas ruhige geworden, und dafür kann ich mich glücklich schätzen.

Blockaden

Sie sitzen tief, die Grandiosen, die Unnahbaren, die Unerklärbaren, und das ist das Gesetz der Blockaden, die dich lähmen. Sie geben dem Alltag die leeren Tüten dir zu Hand und reisen dort hin, wo der Sinn kein zu Hause hat. Bedenke, dass die Grenzen im Raum dir nur dünne Linien ziehen lassen und du der Vermutung nahe stehst, dass der Raum ein Saal der Götter wäre. Nur der eine Augenblick kann dich berühren, um zu fühlen, dass die Angst nicht lebt. Und wenn das liebliche, harmonische Gestrüpp dich weiter auf dem Pfad begleitet und es zulässt, dass der Rasen im Winter weiter grünt, dann ist ein Zeichen von Vorsicht übersehen worden, das seines Gleichen sucht, um Groll und Hass einzuladen, der dich weiterhin für dumm verkauft.

Du magst jetzt schmunzeln, und das wäre gar nicht so schlimm, aber bedenke, dass die Zeit dir ein Jahr nimmt. Dein Schmunzeln aber bleibt und der Unrat deines Erlebten verschließt unter deiner Haut weiterhin die verschmutzten Poren. Mehr noch. Es ist das Erlebte, das von dir einst lieblos, achtlos empfunden wurde, das von dir nicht gesehen, oft erlebt und in der Nähe zu dir selbst aus Angst verlassen wurde. Kein Bedürfnis wurde der Zeit gerecht, dass der Schmerz dich endlich ruhen ließ. Genug gesehen. Genug erfahren. Genug gelitten. Mit Wut und Tränen. Mit Frust und Stolz. Mit Hass und Arroganz. Mit Pfeil und Bogen hab ich den Rest erduldet. Hab den Anfang erneut erlebt, gefiltert und ihm nachgeeifert, um ihn zu verpacken, einzusenden, anzusteuern, weil der Schmerz noch in der Kälte lagert. Und ich hab das Erlebte dir oft unbezahlbar übergeben, unrein und zaghaft notiert. Fast nicht lesbar. Hab alles dir geschenkt, um die Erfahrung mit dem Jetzt zu kompensieren, zu verarbeiten, abzulichten, abzulagern und es später aus einem anderen Blickwinkel zu betrachten. Das Schicksal würde sich schämen, wenn die Zeit die Ströme von Groll und alter Angst dämmen, um der Vergangenheit den Raum zu geben, der dein Ärgernis verstärkt, um die Schwäche mehr zu mögen.

Die Netze werden ausgeworfen, um die neuen Lügen einzufangen. Die Heimat mag die Geschichte gern erzählen und das Moderne neu verstehen. Es ist allerdings zu beachten, dass die Anerkennung dir nicht Namen dessen nennt, der dich mit Gold und Silber überschüttet. Gerechtigkeit wagt dich zu umarmen. Klingt das nicht schön? Wie fühlt es sich an, sich einander anzunähern, um dem zu entwachsen. Nun ist die Geduld in dir gefragt. Eine Menge Zeit des Wartens wurde vergeudet. Es wurden Opfer gebracht und dem Schwächeren den Weg in bunter Farbe übergeben. Ein Versuch ist es wert, sich dem zu beugen, um endlich die Ruhe zu finden, die es braucht, um dich zu prüfen, wer du wirklich bist.

Liebes Kind

Sie war beschwingt,
leicht zu lesen
und wohl behütet,
sodass der Gesang aus Liebe
seinen Anfang nahm.

Deine Wörter,
der Frieden,
die Gaben,
der Kuss auf das Haupt,
der nun war erlaubt,
trugen dazu bei,
dir zu schreiben.

Sie waren beleuchtet
von Sicherheit und
sind der Gnade
beherrscht entkommen.
Dein Lied,
dessen Maß,
das nie gerichtet,
verurteilt,
wurde lieb angenommen.

Deine Worte sind Musik,
ohne in Vergessenheit zu geraten,
eben nah.
Sie dienen deiner Wahrheit,
machen mich zum Freund
und raten dir: Komm Heim,
verschenke das Glück,
öffne das Fenster weit!

Wir reichen beiden Seelen
die Hand.
Was für eine Beschreibung,
dass unser Reich,
nah,
fern,
unbeschreiblich,
verzückt,
verspielt
die Zeichen mag.

Und wenn der Weg
nur den Anfang mag,
fest verankert,
angedacht,
überlegt und angedeutet,
so dient dem Knecht nicht das Gold,
sondern das Unverhohlene,
Richtungweisende.

Du aber, liebes Kind, besinnlich,
Funken sprühend, einnehmbar,
geduldig, das kein Silber kennt
und die Erfahrung nur sein Eigen nennt,
wirst dich dem beugen,
der dem Schutz bis heut' erbärmlich dient.

Und wenn deine Worte das Gesuchte
innig lieben,
ohne Hass und ohne Zwang.
Wenn der Strom dich ohne Widerstand frei sieht,
dann ist der Sinn meiner Texte nicht gebrechlich,
veraltet oder vertrocknet, sondern letztlich gut
angekommen.

Die Schuldfrage klären

Einen Moment lang ist noch Bewegung in mir. In mir. Nicht außerhalb von mir. Nicht in Vermutungen arglos umhergeworfen. Auch nicht nebenbei angedacht, als wäre die Idee eine Farce, von der ich nicht leben kann. Dabei hält sie mich am Leben. Nun aber würde es mich bereichern, die Resonanz der Vergangenheit zu vergessen. Einfach so, ohne über den künftigen Sinn meines Lebens nachzudenken. So lasse ich diesen Prozess für eine kurze Zeit ausklingen, um den Mut und das aufopferungsvolle Verhalten meiner Mitmenschen aufzunehmen. Ja, ich möchte die Gesten der Hilfe suchenden, Grüße wahrnehmen und so tief inhalieren, dass meine Lunge vor Freude aufplatzt. Ich weiß, dass es wieder nur ein Traum ist, der mich nährt, dass diese Illusion wieder Realität werden wird. Eine Vision, von der ich etwas Abstand nehmen könnte, um die mich inspirierenden Dinge zu erwähnen, die eigentlich mit dem Gefühl zu tun haben, die die „Alten Denker" ungern mögen. Ich verfolge den Gedanken und würde meinen, dass dieses Buch sich eigentlich mit den Dingen beschäftigen sollte, von denen keiner denken würde, dass sie nie geschahen. Aber die Dinge im Leben geschehen einfach, ohne die Zustimmung der Bäume, des Windes oder einer Verkehrsampel. Sollte man sich dem widersetzen, was nicht lebt? Sich der Angst entgegenstellen oder sich dem Sinn des Schmerzes bewusst werden? Ich meine, dass die Vermutung nahe liegt, dass die Wiederkehr einer vergangenen Zeit mich die Dinge des Lebens anders sehen lässt. Ich prüfe meine Herkunft nicht mehr. Ich sehne mich nach einem Text, der mir sagt, so kannst du nicht schreiben. Und dennoch werde ich so schreiben, wie ich die Bilder von damals sah, wie sie mir meine Fantasie zeigt. Ich sende den Widerspruch in mich zurück, um die

Sicherheit zu haben, dass ich das Chaos besser verstehe. Der Verstand würgt den Sonnenstrahl kurz ab. Und dennoch ist in mir ein kleiner Junge, der der Glaubwürdigkeit trotzt, bei der ich die angestaute Wut auf eine sonnige Parkbank niederlege und darauf warte, dass sie sich von selbst auflöst.

Illusionen sind etwas, was die Welt nicht zeigt. Ich sehe meine Handoberfläche, aber ich kann nicht beweisen, dass es meine Hand ist. Ich kann aussprechen, mit was sich die Welt auseinandersetzt, auch wenn ich keine Ahnung davon habe. Ich sehe Illusionen und kann nur vermuten, dass sich was in mir löst.

Nichts erfahren. Nichts machen müssen heißt, sich den Dingen zu widmen, die mit einem Selbst zu tun haben. Ich stelle mir vor, dass die Welt nur aus Bildern besteht und ich jedem Bild einen Namen gegeben habe. Ich gehe dabei nicht von der eigentlichen Bedeutung aus, dass z. B. der Stuhl ein Möbelstück zum Sitzen ist. Ich habe mit dem Stuhl nichts zu tun. Die Tatsache, dass ich sitze und den Stuhl berühren kann, verändert nicht mein Leben. Schon der Gedanke, dass ich ständig Probleme in meiner Außenwelt habe, macht mir Angst. Warum sehe ich die Probleme nur außen und versuche sie auch nur außen zu lösen? Warum soll ich die Last für Dinge auf mich nehmen, die mich nichts angehen, die aber eine Schuld auf mich projizieren, ohne mich einzubinden, ohne meine Herkunft zu erfragen und ohne zu wissen, dass ich mein Leben allein in die Hand nehmen kann? Alle Verletzungen, die mich betroffen machen sollen, gehören mir nicht. Ich erinnere mich noch gut daran, wie man mir sagte, dass meine Fantasie nur Schaden nimmt, wenn ich über diese Welt nachdenke. Man sagte mir, ich wäre nicht in der Lage, meine Probleme im Leben allein zu lösen. Ich wäre zu blöd dazu, unfähig, desorientiert. Als Kind hat mich das sehr verletzt. Ich wollte nicht mehr so sein, sondern so, wie die „Alte Denker". Jahre mussten vergehen, um festzustellen, dass ich aus meiner Haut gar nicht heraus kann und dass die Probleme, die ich in mir sah, ihnen gehörten. Erst als ich das erkannte, verstand ich das ganze Problem. Meine Fantasie ist bunt und lebendig. Sie nimmt den Tanz der Neugierde, die mein inneres Kind von Anfang an wahrnahm. Meine Fantasie und die kindliche Neugierde leben in mir, das ist eine Tatsache. Doch ihr „Ich", das ihnen vormacht, sie hätten keine Fantasie, macht sie wütend und produziert Angst. Und diese Angst schürt die Schuldfrage, in dem sie mir das, was sie nicht zu haben glauben, missgönnen. Sie wollen mir mit ihrem Bluff weismachen, dass ich keine Fantasie hätte, obwohl sie ja in mir vorhanden ist. Aber ich gönne ihnen ihre Fantasie. Ebenso die kindliche Neugierde, die in jedem von uns steckt. Die Frage ist nur die: Wie kann ich meine Fantasie aufrufen, um mit der kindlichen Neugier in Verbindung zu treten? Die Antwort ist ganz einfach: In dem Moment, da ich spüre, dass meine Fantasie Euphorie, Freude oder Widerspruch auslöst, wird in mir eine gerade zu kindliche Neugier in mir geweckt, von der ich ausgehen kann, dass sie rein ist. Frei von Dogmen. Frei von Urteilen. Frei von Bewertungen. Frei von immer wiederkehrenden Nachbesserungen. *„Wie, das kannst du nicht? Du bist nicht in der Lage oder zu dumm, um Dinge zu erledigen?"*

Das sind alte Prägungen aus einer Zeit, die das Gefühl der Annäherung nicht zulassen. Die „Alten Denker" hatten das Gefühl, dass die Liebe sie schwächen und ihnen das zu Teilende nicht wiedergegeben würde. Der Egoismus war auf der Siegesstraße. Ein festes Fundament sollte er sein. Davon träumten sie. Dafür kämpften sie. Aber der Kampf wurde schwächer, glitt ihnen aus den Fingern. Ich trage nur einen kleinen Schlüssel bei mir, der mir eine Tür öffnen soll. Eine Tür, die mich in einen Raum führt, in dem ich erfahre, dass meine Fantasie und kindliche Neugier kostbare Geschenke sind, die mich nähren. Es macht mich frei, dass meine Ideen im Jetzt das übergeben, was nur wenig mit meinem Schmerzempfinden zu tun hat. Dieser Raum hält keinen Schmerz mehr für mich bereit. Mich fragte mal einer, warum ich die Schuld auf mich nehmen würde, um den Beweis anzutreten, dass ich eines Lobes würdig bin, eines Schulterklopfens mit dem freundlichen Wink, das kannst du noch besser machen. Du kannst mehr arbeiten. Du kannst länger, und wenn es geht, auch ohne Pause arbeiten. Zeig den Menschen, wer du wirklich bist! – Und wer bin ich wirklich? Eine Frage, die ich nicht mehr so stellen kann, denn ich kenne den Namen meines inneren Kindes, das sich in der Fantasie am besten auskennt. Mehr noch. In mir lebt ein Kind von wahrer Pracht, das seine kleine Welt in bunten Farben malt und sich dabei sicher fühlt. Es bekam einen Moment, wo es nicht mehr wichtig ist, wie gut man es gemacht hat oder wie es noch besser gemacht werden kann. Ich akzeptiere die Dinge des Lebens und die Quelle von Hass, die unersättlich ist. Um Hass zu bekämpfen, ist wahrlich ein Schritt nötig. Loslassen und alles so stehen lassen, was gerade geschieht. In dem Augenblick des Loslassens wird ein Wunder geschehen, das es mir ermöglicht dieses Buch fertig zu schreiben.

Zur Schuldfrage. Warum wurde dieses Buch geschrieben? Da kann ich nur antworten: Ich habe es einfach gemacht. Denn woher soll ich sonst erfahren, wer ich wirklich bin. Eines weiß ich allerdings schon jetzt. Ich habe das Buch mit tiefer Dankbarkeit für Menschen geschrieben, die mich kennen. Die mir die Hand gaben. Die mich umarmten. Die mit mir etwas lernen wollten. Die mit mir TEILEN können.

Dafür habe ich das Buch geschrieben.

Es fehlen mir die Worte

Es fehlen mir die Worte, denn ich weiß nicht, was ich fühle. Sie kreieren in mir wuchtige Hieroglyphen und verwenden meine dünne Schale wie verbrauchte Plastiktüten. Sie prägen die seltsamen Wogen, die ich in der Luft aufzuspüren vermag. Sie helfen mir den Punkt am Ende des Satzes zu setzen, der sich in gewaltigen Formen einer Struktur aus Wut niederlegt. Und gerade dort, wo es keine Fantasie gibt, würde ich sie verlieren wollen. Wo es an Genügsamkeit fehlt, die es mir ermöglicht das Geschmackvolle zu hinterfragen, als wäre es ein Jahrgang, der einen vergessenen Schmerz wieder hervor ruft. Es fehlen mir die Worte, um zu beschreiben, dass die Einsamkeit den alleinstehenden Betroffenen umarmt, von dem ich weiß, dass er den Tag nicht mag. Wo die Zyklonenwinde den Sand erhebt, um die Vernunft aufzufinden. Im Strudel einer angedachten Harmonie ist die Befangenheit in mir leicht begrünt, wobei ich denke, es wäre der nackte Wahnsinn am Ruder, der mich etwas weinen lassen würde. Dabei sind die Himmelsrichtungen, die mein Blick einfängt, nicht wichtig. Ich kann mich dem beugen, aber ich habe keine Ahnung, dass die Freiheit wie ein Exempel ist, das mich stur macht. Die richtungsweisenden Bestimmungen, die mein eigenes Ich nicht tolerieren möchte, werden der lebensbedrohlichen Situation keinen Anlass zur Umkehr geben. Meine Seele friert und ich behänge mich mit dem schwarzen Stoff, der seiner Eiszeit voraus war. Granitsteine sind die treulosen Gesellen, von denen ich glaube, sie haben den menschlichen Willen manipuliert, um den Sieger zu krönen. Sie werden den kostbaren Moment nicht aufbewahren. Oh nein! Sie geben ihrer Bestimmungen von eingebildeter Kraft keinerlei Talente frei, um sich auf natürliche Art und Weise der Gabe zu widmen. Leider sind die Talente von Freundschaft und Hingabe nur bei Sonnenaufgang zu finden. Wobei der auserkorene Sieger es nicht verstehen wird, warum der Tag vor der Nacht erscheint. Und wenn die Gabe den einzigartigen Versuch unternimmt, die Türen zu verschließen, dann wäre das geheuchelte Verhalten dem zuzusprechen, der nicht verlieren kann.

Es müsste ein Gesetz geben, das die Empfindungen in der Seele zum Tanzen einlädt. Ein Tanz, der die befremdlichen Gedanken in mir neutralisiert. Das wäre für mein Schicksal ein unbekümmertes Verlangen. Ob es dazu reicht, die Vernunft aufzurufen, um das Spektakel abzufedern, ist fraglich. Mein Leben ist bereits in Unordnung und ich könnte die Gleise meiner Erfahrungen woanders hingleiten lassen. Ich spüre schon, dass es nur ein Wunsch ist, der mich schont. Der mich beruhigt. Der mich dem Zorn mehr annähert, als entfernt. Ja, ich bin ehrlich. Der Frühling ist noch kalt und die Kirschblüten wollen dem Licht nicht so richtig folgen. Ich könnte alles beschreiben, was mit Hingabe den Alltag begrüßt. Und wenn die sinnlosen Intervalle von Reichturm neu beschrieben werden, dann ist der Satz, von dem ich glaube, der Herbst würde nie mehr kommen, in seiner Vollendung nur gedacht.

Es fehlen mir die Worte, die ich in der Liebe nicht fand, dem persönlichen Zweck entfremdet, aus dem ich die einzigartige Idee der Missachtung eines der vielen abgeernteten Felder sah. Mein Blick erhascht den Rest einer Freundlichkeit, die ich zu keiner Zeit befremdlich betrachtete. Die Reise geht weiter und ich sehe die Orte der Erinnerungen auf mich zukommen, von denen ich weiß, dass die Ermahnungen von mir selbst widerrufen werden. Und dann könnte geschehen, dass meine Gebote nie verstanden werden. Gebote einer Angst, die ich nicht wahrnehme, weil die Zugeständnisse fehlen, die mich meines

Alters erinnern. Es fehlt der Sinn des Gebotes, der mich wissen lässt, warum die Elenden den Rachsüchtigen den Hof öffnen. Es fehlt mir das Komma, das die Märchen des Ankommenden beschreibt, der sich dem König entfremdet hat. Der sich in der Hoffnung mit dem Licht benetzt, alles zu beschreiben, was nicht lebt. Es fehlt mir die Antwort auf die Frage, warum die Sucht nach Geltung und Rang die Sonne eher erscheinen lässt als die Dankbarkeit, die den Elenden die Hilfe gibt, die sie brauchen, um ihre Angst zu besiegen. Ich kröne die vergessene Scham, von der ich den Glauben bekam. Ich existiere im Moment von vergessenen Dialogen, die meine Haut zerkratzen. Der Anfang ist gemacht, und ich könnte mit den Worten, die mich beschämen, mein Antlitz beschreiben. Ich könnte den Geborenen die freundlichen Gesten zeigen, die sie im Geist und im Traum selten antreffen. Aber wozu nun die Worte der Liebe wählen, aus denen ich eine Vergangenheit beschreibe, wo ich keinen Zugang hatte?

Es fehlen mir immer noch die Worte, die ich in der Fremde, weit weg, dort, wo das Gebrechliche, das Unbegreifliche, das Unhaltbare lebt, nicht zu fassen bekam. Aus der Geschichte heraus ist der Ansatz freigemacht, den ich in Vergebungshaltung begrüßen würde, wenn nicht die Eitelkeit ständig an mir nagen würde. Und weil dem so ist, würde ich der Natur eine neue Idee schenken. Eine Idee, in der ich die Macht hätte, den Gedanken des Fortlaufens zu beenden. Ha! Welche Zustände hätte ich aber behalten dürfen, wenn nur am Tag eine Minute lang gelacht oder geschmunzelt würde? Ebenso ist die Traurigkeit im Raum – am Pult, das seine Motive aufruft. Unter die Leselampe wird kurz angedacht, was nie als Text entstand. Das war nicht geplant, und die Zukunft kennt die Zeit in mir nicht. Auch das Resümee meiner Kindheit wird heute mit keiner Silbe meinen Namen rufen. Dem sei wohl, der seine Worte findet. Dem Gleichgesinnten nachgeahmt und den Rollen übergeben. Die Seele wurde oft missbraucht, weil der Text mir nicht bekannt war und die Wahrheit den wahren Verstand vergleicht. Es fehlen mir die Motive von einem Wort, das seine Umarmung einübt. Von weiten Resonanzen der Musik, aus der ich die Quelle des Wahnsinns orte. Lustig wird das Echo in mir erklingen, wenn die Sehnsucht unter meiner Haut zuckt. Befremdlich wird das Gehörte widerrufen, wovon die Angst mich all die Jahre begleitet hat. Wohl dem, der ich es wagt, die Liebe falsch zu verstehen. Wehe dem, der die Resonanz der Melancholie deutet, die meine Vernunft nur selten berührte. Ja, es war so! Ich durfte die unausgesprochenen Worte nicht schreiben, weil das wahre Gesicht sie nachzeichnete und mir die Hand die Linien missgönnte. Heute ist es befremdlich das anzudeuten, denn der dichte Nebel nahm mich beiseite und erinnerte daran, wozu die Worte da sind, die das wahre Ego beschreiben. Nur, mir fehlen immer noch die Worte.

Der alte Maler
Eine Geschichte?

Es verschlägt einem den Atem und ich könnte die zugefrorenen Autoscheiben zerkratzen. Ich trage meine Gedanken nach Hause und schöpfe den Rest meiner Angst. Gleichzeitig erhänge ich den Rest meiner Poesie. Ich dachte nie, sie abgeben zu müssen. Aber dann ist das Unfassbare eingetreten. Mit der Brechung meines Lichts habe den idealen Zustand der Absurdität verstärkt und öfters den Rückwärtsgang eingelegt. Wo geht die Reise hin, wenn die Geschwindigkeit nicht an meinem Leben vorbeikommt, um die Lebensuhr anzuhalten? Wenn ich stehen bleiben muss, wird die Erdanziehungskraft keinen Schaden an meiner Psyche anrichten. Falls ich den Gedanken aufschreiben würde, dass die biologischen Uhren auf meinem rechten Ellenbogen anders funktionieren, müsste ich hier aus dem Gang heraustreten und den ekelhaften Toilettenstein in die Hände nehmen, damit das Gesetz der Liebe in Kraft treten kann. Da wäre alles umsonst gewesen, wenn nicht das Gesagte richtig gewesen wäre. Aber das Gesagte ist mit meiner Sinnlosigkeit verbunden, die ich auf einer Seebrücke sah, die mir die Beine zerschmetterte. Laufen wollte ich. Nur wegrennen. Mich verkriechen, das konnte ich ganz vergessen. Es hört niemand zu, wie ich die Schwerfälligkeit umarme. Ein Niemand darf mir den Namen geben und enträtseln, wann ich geboren wurde. Die Akten lagen auf einem Tisch, ausgedünstet von meinem Schweiß, der die Musik der Angst hören musste. Und da fällt mir ein, dass ich die Geburtsurkunde verbrannte. Das Papier raschelte unentwegt. Ich konnte es falten und das Miauen von einem heranlaufenden Kater hören. Ich dankte ihm für seine Offenheit, denn sie war mir fremd. Ich habe die Bilder an der Mauer gesehen. Die Mauer ist heilig, so sagt man.

Aber sie wärmte mich nicht. Alles blieb im Kalten stecken. Die entwurzelnden Bäume verbrannten die letzten Haare auf meinem Kopf, als würden sie nur der Sonne dienen. Aber dann kam der Regen und floss in die Gräben der flachen Länder. Die Gräben waren tief und meine Schuhe zu klein, um mich der Liebe zu widmen – bei der mir nachgesagt wurde, ich würde sie bunt bemalen. Habe ich gelacht? Oh nein, denn mein Weinen ist die Garantie meines Überlebens. Keiner will es wissen. Gleichgültigkeit ist ein modernes Wort geblieben. Es gibt dem fadenscheinigen Wortschatz die Reife. Mit voller Wucht entzweit es meinen Fortschritt, den ich als ein Phantom mit nach Hause nahm. Ich jammerte herum und bettelte um Erfolg. Ich suchte einen Weg, um an Orte zu kommen, wo die Schwerelosigkeit liegt.

Eine Falle begrüßt mich anders, sagte ich zu mir, bevor ich die Kellertüre geöffnet habe. Denn die Wahrscheinlichkeit, dass die Verletzungen aus dem Mangel meiner Unsicherheit stammen, war nicht gegeben. Aber meine Gedanken befinden sich auf dünnem Eis. Schwermut presst sich an meine Seele, sodass ich nicht atmen kann. Nein, ich brauche den Sauerstoff. Meine Identität bemisst die Körpertemperatur anders und verabscheut das Fieberthermometer.

Die Gedanken setzen sich mit der Angst auseinander und lassen die Hautflächen feuchter werden. Ich habe das mal in einem Buch der Unwissenheit gelesen. Darin predigten sie, solange die Sonne schien. Aber was empfindet der, der die Liebe zur Sprache bringt und den „Alten Denkern" gleichzeitig die Zähne herausschlägt? Wobei das Wort Liebe den „Alten Denkern" nicht zusteht. Denn es wäre auch zu schade, einem begreiflich zu machen, wie man einen Bootssteg ausbaut, um die Schiffe anzubinden, die nicht ankommen wollen. Hier ist die Geschichte zu Ende geträumt, denn die Wahnsinnigen fangen erst an, die Welt aufzuräumen. Ich kann nur sagen: „Gott regelt es." Nur er würde den Drachen oben fliegen lassen und den Schwalben den Rang ablaufen. Nur welchen Sinn würde es machen, zum Beispiel das abgewrackte Heck eines Schiffes auf den Meeresboden zu versenken, wenn nicht geklärt ist, wie viele Seelen an Bord waren? Die Wahnsinnigen an der Pforte der Wahrheit geben bekannt, wie nah sie selbst dem Tode sind, bevor sie das Feuer entfachen. Aber das muss eigentlich nicht mehr erwähnt werden. Nicht dass das Feuer gelöscht sei. Oh nein! Es schwelt weiter, nur langsamer. Es bestimmt das Schicksal und erlässt, dass die Tränen der Tröster zu Eis werden.

Was kann der Zufall dafür, wenn die Psalmen missachtet bleiben? „Alte Denker" fläzen am Altar und beten in ihrer Not etwas herunter, als müsste die Armut im Gold schwimmen. Ich denke, dass die Zufälle zu keiner Zeit die Boote in der Pfütze schwimmen lassen, bevor die Aufklärung der Lebensspur entspringt. Da hilft die Quelle nicht, aus der die Ideen fließen. Das Denken hat die Reihenfolge vermischt, aus der die Frechheit der Entmündigung spricht. Sie wollen mir sagen, ich sei nicht ganz dicht. Ich soll die Bibel in die Hände nehmen, jede Epoche eines Blumenkohls entziffern und dabei die Taschenlampe anschalten, die mir den restlichen Weg beleuchtet. Dabei hatte ich die Bibel jeden Abend unter meinem Kopfkissen und davon die wildesten Träume bekommen. Ich war nicht glücklich darüber, wie manche Denker über die Angst nachdenken. Sie geben an, sie seien frei wie eine Taube, die unter dem Viadukt einer U-Bahn ihre Heimat hat. Aber was ist für sie denn die Heimat? Die reine Mathematik oder für die einen und die anderen nur ein chemischer Prozess, der einem Hühnerei das Eigelb entzieht. Hier fängt die leidige Geschichte an, aus der kein Hamster den Ausgang findet. Denn gerade er müsste wissen, wo die gefüllten feuchten Kellerräume zu finden sind. Aber nein, wieder stellen sie die Fallen auf, in der Hoffnung, dass die Kirche, die sich auf dem Nachbargrundstück befindet, abgefackelt wird.

Große Werbetouren können an den verschiedensten Orten ein Echo hervorrufen, das es nicht gut mit einem meint. Da denke ich an die Selbstverbrennung. Das ist eine Einbahnstraße, die kein Ende nimmt. Nun wundern sich die „Alten Denker", wie gut ich mich auskenne mit der Wahrheit und mit dem sauren Regen. Aber es nützt mir nichts. Meine Philosophie ist bald am Ende, und die Straßenbahn fährt ohne mich ab. Und was ist dann? Fakt ist eines. Die Physik ist das einzige Fach in meiner Schule geblieben, die den Magneten mehr mochte als mich selbst. Leider! Und das kann ich verkraften. Ganz locker. Ich lese den Eulenspiegel wieder, und der besagt, dass die „Alten Denker", die kein Fleisch essen, krank bleiben müssen, da der Bestandteil eines Vitamins fehlt. Auf meine Frage hin, welches Vitamin fehle, müsste die Traurigkeit erläutert werden. Denn die Traurigkeit ist der fehlende Aspekt, der zum Schlafen aufruft und deren Zeichen einer Krankheit gut einwirken. Aber leider meine ich, dass diese Angelegenheit ein halbe Torte wert sein müsste, die es mir ermöglicht herauszufinden, wo die andere Hälfte meiner Torte ist. Sie haben nicht schlecht gestaunt, als ich sagte, die andere Hälfte der Torte wäre meine. Aber so ist es doch. Ohne einen Bahnhof würde es keine Züge geben, die dort abfahren könnten, und keine Passagiere, die von A nach B fahren würden. Und so ist es bei mir auch. Ohne dass ich eine Lüge zu erwähne, könnte die Wahrheit auch über die Nachtstunden hinweg die internen Siegermächte in mir besiegen, die an den Lidschatten kein Unheil anrichten. Ich kann es auch sein lassen, über die Gewissenlosigkeit zu sprechen und den

Verkehrsfunk ausschalten, der das Chaos schon vorprogrammiert hat.

Alles geht in Stille vor sich. Die Töne versagen mir, weil ich schon von Weitem die Reklame auf dem Schulhof sehe, worauf geschrieben steht: „Die Wahrheit siegt." Man, ich könnte heulen und meine Depression alleine einkaufen schicken. Ich bin mir sicher, dass diese in mir geheuchelte Depression die richtige Wahl trifft, um mehr an das fettige Fleisch heranzukommen. Schweinefleisch ist nicht mehr modern. Warum? Warum fragen sie nicht die Veganer oder die Christen, die ständig in der Kirche die Schnitzelscheiben nachzählen müssen, um die Tafel abzusichern. Denn die Stadt ist voll mit armen Bettlern, die wenig Geld in Zeitungen stecken, weil sie keins haben. Keiner möchte in einer Einraumwohnung leben und die verlorenen Salamistücke auf dem S-Bahnsteig aufsammeln. Die Lautsprecheransagen sind auf Deutsch zu hören und beschränken das Einsteigeverhalten. Eile ist geboten.

Aber eines ist sicher, irgendwann wird Hebräisch gesprochen und das Schlaraffenland könnte dann die neue Welt Jerusalem sein. Und wenn die Wahl getroffen ist, könnte es sein, dass alle Religionsgemeinschaften ans Lagerfeuer geladen werden, um zu beraten, wie man am Besten gemeinsam bettet. Denn sie faseln doch letztendlich über ein und denselben Herrn, den man den Gott oder den Allmächtigen nennt und der ihnen den Frieden schenkt und das „Gelobte Land" zu Gold macht. Aber die Fassade ist brüchig. Jedes geschriebene „Heilige Blatt" mag den sinnlosen Text der Offenheit nicht und sucht nach Wegen der Erlösung. Und wie sieht die Erlösung aus? Das Fest der Liebe, das gern die Weihnacht oder den Karfreitag wählt, ist in seiner Bedeutung ein schweres Schwert, was nie nachgeschliffen werden darf. Wer sich zu sehr herauswagt, kann schnell sich verletzen und wird lange Zeit das Opferlamm spielen, um nicht seine Seele zu verkaufen. Also ist das Programm der Kirchen bereits fertiggestellt. Denn die Bibel kennt keine Hautfarbe oder gar eine Menschenrasse, die darauf aus ist, nochmals der Judenvernichtung beizutreten. Ich bin überzeugt, dass man von solchen Programmen die Schnauze voll hat und das man nicht noch mal Öfen baut, um „Alte Denker" zu verbrennen. Zu oft ist die Geschichte nicht zu Ende gedacht worden. Leider.

Sie spielen heute gern Soldaten, die ganze Völker ausradieren und Massengräber anlegen, um damit das Rentenalter zu verkürzen. Scherz beiseite! Es gibt tatsächlich Jahreszeiten, wo „Alte Denker" wie Vieh zusammengetrieben wurden, um angeblich ein Land zu säubern. Das Land gehört ihnen, meinten sie damals lautstark und schossen, anstatt den Mund aufzumachen. Was für eine verkehrte Welt. Und wer ist daran schuld? Natürlich, die Kinder. Und wenn möglich sollten auch die noch nicht geborenen Kinder die Schuldenskala mitgestalten, um sich besser rechtfertigen zu können. Nein, sie müssen sich verteidigen. Sie werden nicht mehr gefragt. Später, wenn sie groß sind und selbst den Beruf eines Patrioten oder Bürgerrechtlers gewählt haben, dann können sie es nicht abwarten, endlich ein Podium zu betreten und ihre angestaute Wut raus zu lassen. Die Zeit heilt bestimmte Dinge im Leben von selbst. Man darf Dinge, die in der Vergangenheit liegen und darauf warten, dass man sie abruft, nicht mit roter Farbe neu anstreichen. Viele „Alte Denker" haben leider vergessen, dass auch die Farbe trocknet und verblasst. Der Wind und der Regen, die mit der Natur verbunden sind, werden die alten Lackierungen auf den Verletzungen abschälen und die Nervenbahnen dünner machen. Eine seltene und durchaus günstige Gelegenheit zur Heilung einer offenen Verletzungen. Das geschieht wahrlich selten, wie auch die Begebenheiten sich vor einem Sonnenuntergang selten vorhersagen lassen. Schade? Finde ich auch. Kann es sein, dass die uralten Geschichten der „Alten Denker" längst auf langen Bahnen hin und her geschoben werden, um nicht an den Erzählworkshops teilzunehmen?

Das Wunder wird nicht eintreffen, da die Gedanken des Abwartens in der heutigen Zeit noch richtig modern sind. Ich kann das Geschichtsbuch auch nicht einfach so verändern und den Weihnachtsmann neu erfinden: auch wenn er den roten Anzug sauber hält. Es kann auch nicht daran liegen, dass Anstand und Misstrauen sich an den Zäunen sich festhalten. Kein Sturm könnte es schaffen, diesen Zustand zu verändern. Der „Alte Denker" mit seinem roten Anzug erkauft sich seine Wahrheit selbst und beglückt so die Kinder, die auf den Toilettenstühlen allein ihr Hab und Gut retten müssen. Kein Mitleid darf verkauft werden. Das ist nicht üblich. Die Hühnersuppe ist fertig gekocht und köchelt nun vor sich hin. Keiner wagt es, sie zu essen. Sie hungern den ganzen Tag und beglücken so den Wahn der Diäten. Das „Deutsche Essen" mag nicht jeder. Das sollte man beachten. Die Gänseleber mit Rotkohl würde ein lebender Südstaatler nicht gern auf seinem Tisch sehen wollen, solange sein Rindersteak nicht die führende Rolle eingenommen hat. Die „Alten Denker" pflegen ihre lang gehegten Traditionen und begrüßen das Neue, was zu ihnen passt. Ich könnte fragen, ob es mir passt, dass „die vergangene Kindheit" meinen Namen trägt. Nicht so gut. Denn das wäre so, als ob ich einen Metallbolzen in einem Schraubstock festmachen würde und den Bolzen mit einer Feile bearbeite, bis er zu einer dünnen Stricknadel wird. Aber was soll ich machen? Ich kann doch nicht das abgegriffene Fotoalbum herausholen und die Schwarz-Weiß-Bilder entfernen, die mir nicht passen? Dann wäre nämlich kein Foto mehr in meinem Album.

Genau auf der zweiten Seite sieht man die beschissene Aufnahme eines Jungen, der grinsend in die Linse schauen musste. Die Erinnerungen sind lebendig und küren die selbst gemachte Frisur der Mutter nach. Ein Friseur war zu teuer. Also war der Gedanke nahe, einen Kochtopf zu holen und ihn auf den Kopf zu stülpen. Die Haare, die unten raus schauten, wurden mit einer stumpfen Schere abgeschnitten. Und das war's. Oh nein! Ich muss all die enttäuschen, die dachten hier wäre der Leidensweg eines Jungen zu Ende. Der Optiker, der zu gern den Beruf eines Fleischers gewählt hätte, verpasste der Jugend die nicht modernen alten dicken grauen Plastikbrillen. Wer es schaffte, den Optikerladen zu verlassen, der hatte tatsächlich die Möglichkeit, nicht als alter Mann auszusehen. Wie schrecklich war der Gedanke, den ganzen Tag mit der schweren Brille herumzulaufen. Das Ergebnis war, dass der junge Kopf schon in den frühen Morgenstunden einknickte und der Nasenrücken wund wurde. Jeder Versuch, sich von den Ideen der Alten Denkern fernzuhalten, konnte arge Folgen haben.

Die Jugend von damals nahm die Wahl nicht ernst. Parteibonzen haben den grauen Alltag geprägt und bestimmten die einzigartige Norm einer Leistung, die nicht erfüllbar war. Das Denken ließ sich auf Postkartenniveau reduzieren. Der winzige Augenblick, die Straße allein herunterzulaufen, gehorchte einem selten. Die Umkehr, also die verlorenen Gedanken zu finden, genügte, um die eisige Haustür zu verschließen, die an manchen Tagen in den Händen einen öligen Traum an sich nahm. Und es müsste einem genügen, die Toleranz zu lieben und das innige Talent an seichten Holunderblüten zu hinterlegen. Kein Regen wäre von Nöten. Das emsige Streben sich zu verändern würde auf jeder Schwelle stehen bleiben.

Die Nässe vermodert das einsame Holz. Der Wald, ein Täter, aus dem die Habgierigen ihr Geschehen selbst sahen. Ein Geschehen, das in seiner Intensität das abgeschliffene Holz zum dünnen Faden erdachte und es zu gern niederstreckte, als sollte die Kindheit nicht sein. Das Wagnis, den Traum nur anzudeuten, mag man auf Reisen mitnehmen.

Ich steckte mit dem Schuh im Morast der Angst fest und ließ die Pyrenäen nicht mehr aus meinen Augen. Den Haltepunkt legte ich selbst fest und zurrte das Seil so fest, dass nicht mal eine Stecknadel in den Knoten passte. Wie schön war es, in einem dieser Korbsessel zu sitzen und meine verdreckten Füße anzuschauen. Der Fußnagel krümmte sich nach oben, als ob das Abwaschwasser seit Tagen nicht mehr abfließen wollte. „Alte Denker" holten ihre Zeitungen nach oben und gingen, ohne ein Wort zu sagen ins Bett. Den Oberschenkel einziehen. Den Rücken gekrümmt und den Kopf versunken im weichen Kleid. Lachen käme nicht infrage. Zu ernst ist das Theaterstück zu verstehen, das mit dem Verstand am Abgrund steht und Ausschau hält, wann das tote Holz naht. Ja, wäre der Tod nicht erfunden, dann wäre der Anfang nicht mit dem Ende verbunden. Die Sehnsucht, aus der ein Tischler die elenden Vagabunden macht, kennt den Preis.

Das Raster verbindet die Jahresringe und erkennt das wahre Alter nicht. Ein Ring schützt das Jahr. Eine Faser einen Monat. Es bricht aus einem alles heraus, wenn die Wucht des Überraschten naht. Ganz plötzlich auf der Haut stechend. Es zwickt und juckt. Der Schlaf erdrückt die Gedanken. Und wenn der Tanz zu Ende geht und der Rest vom Schützenfest die Müllkippe bestaunt, dann kann ich sagen: „Das Leben ist das einer Säge. Sie sägt den erlebten Tag in dünne Scheiben, um das Chaos in mir zu ordnen." Ich könnte die Seiten beiseite legen und mir den Abend wünschen, bevor der Morgen schreit. Aber wehe dem ich wäre Gott, der Stein zu heißer Lava schmelzen würde. Die Rosen würden verblühen, der Hinterhof vertrocknen und die Fenster offen bleiben. Und Zugluft würde das warme Brot nicht gedeihen lassen.

Ich hätte den Sauerteig stürzen können, der meinen Verstand verklebt und die Vergessenheit mehr liebt als die bösen Ahnungen, die mir die Nächte stehlen. Doch keiner will daran schuld sein. Keiner mag die Noten lesen. Und keiner mag den Herrn, der in der Kirche die Bibel liest. Alleinsein ist sehr schwer auszuhalten, sagen die einen. Gemeinsam das Diner anzufangen, die Servietten zu ordnen, den Hackbraten zu servieren und das Getuschel von alten Zeiten anzudicken, sagen die anderen, wäre dünner Salat ohne Soße.

Ich kann die Mitte bestimmen. Sie ist am Strang der ausgelutschten Ideologien vorbei gefahren und bedient nicht die Gedanken, die gestern noch meine waren. Auch die Zeitungen dämmen die Vorsicht der anstehenden Aufräumarbeiten, die letztendlich den sterilisierten Gedanken nur gut heißen darf. Das gewohnte Bild, das die Kindheit mit besonderem Licht bestrahlt, wird die herunter gefallene Birne auch nicht mehr zum Glühen bringen. Alles ist vorbei. Die „Alten Denker" sprechen immerzu von einer goldenen Zeit, die ihnen alles bescherte. Heute ist die Hektik angekommen. Sie sind gestresst und hören nicht mehr die Musik, die ihr Brummkreisel kannte. Und wie weiter? Der abgetragene Mantel vom Alten dient nicht mehr als Kartoffelsack. Zu groß sind die Löcher. Jede Faser der Baumwolle strickt sich den Namen selbst und kann doch nicht vergeben. Ich fände es gut das Bild nicht mehr zu malen, nur um der Künstler zu sein, der man nicht sein möchte. Auch ein Förster könnte einen fremden Tisch decken und die Wahrheit bunt besticken, bis der Hals die Wärme verdampft. Ja, diese Halsschmerzen, sie prüfen jedes Wort, jedes Gefühl. Und der Abfall der entsteht begnügt sich damit die blanke Schiene der Straßenbahn zu berühren, um so die Weltmusik der

Tataren nicht hören zu müssen. Denn sie geben den Warnschuss frei, der ihnen die Angst schürt, der ihnen Grenzen setzt, der ihnen das krabbelnde Volk vom Leibe hält.

Ja, ich muss schon staunen, dass der Prozess der Langeweile nicht nur Gutes im Sinn hat. Oh nein! Eigentlich ist sie Gift, um die innere Fröhlichkeit zu erdrosseln. „Alte Denker" nehmen es nicht wahr, rufen das abgestandene Bier und trinken es in vollen Zügen. Und was geschieht dann? Sie grölen und schreien laut herum. Sie platzen aus allen Nähten und beglückwünschen sich selbst, dass ihnen die Wut gekommen ist. – Es macht mich traurig, wie sie ihre eigene Wut empfangen haben. Ohne nachzudenken, wurde der Keller mit feuchter Wäsche vollgestopft, damit der Schimmel die neue Tapete ergänzt. Sie wollen Geld sparen. Aber das Geld ist nicht gut genug. Der Sparstrumpf ist schon lange leer. Die Banken weinen. Die Zinsen sind tot. Und was ist die Zukunft wert? Keiner will was sagen. Nur das Kind möchte spielen. Nur der Morgen dröhnt das Süße, und der Fuchs vergisst die Gans. Sie schlagen auf das Holz, zersplittern die Sekunden. Die Sprache ist klopfend und laut. Lautsprecher dröhnen über den Asphalt, der den Regen nicht mehr mag. Die Rüstigkeit von Leib und Seele verewigt sich in das akkurate Trugbild hinein, das den Fraß nie gemocht hat.

Woher kommt dieser Mangel an Ideen? Das Geld verliert sein Reich. Die Werbung verfehlt ihren Zweck und ich verschenke den letzten Knopf. Die alten überlisteten Denker werden unsicher und sägen an dem Ast auf dem sie sitzen müssen. Ja, die Betonung liegt im muss, denn sie begreifen nicht, dass die Zeit, wo ein Künstler nichts verdient, kein Poet der Fantasie werden kann. Denn er muss sich darum kümmern, wie er über die Runden kommt und wie er das Dach über dem Kopf bezahlen kann. Ja, die Zeit kennt kein Erbarmen. Der Künstler ist nur ein Produkt von vielen und verkennt den wahren Kern der Seelen. Die „Alten Denker" meinen, es muss nicht so bleiben. Die Zeiten können sich ändern, aber das *Wie* fehlt als Antwort bis heute. Dafür gehen sie betteln und überlegen sich mit herzlicher Begleitung eine ausgeklügelte Strategie. Eine Strategie der Unvernunft, der Habgier, des Undanks. Alles, was in Privatbesitz blieb, entblättert sich von selbst und wird nackt auf jedem Bild erscheinen. Sie hausieren und verschwenden so ihre Zeit. Sie malen Uhren, statt den Stahl zu formen. Sie gedenken der Fantasie, statt den Galgen um das letzte Opfer zu bitten. Makaber ist das Geschick der Welt, und der Vorhang zum ersten Akt hebt sich hoch.

Was erfährt man nun, wenn der erste Akt auf sich warten lässt? Die Zuschauer dröhnen mit den Füßen und kauen den schwer verdaulichen „Schweizer Käse", um die Sucht zu erkennen, wann nun das Finale beginnt – koste es, was es wolle. Die Sparsamkeit ist erschwinglich. Der Rosenmontag sehr akkurat. Die Universitäten, die letztlich ihre fettigen Schlipse mehr lieben als die herbei gesehnte Demokratie, schließen ihre Pforten und bangen nicht um die restliche Wahrheit. Und nun ist es raus. Die Demokratie, aus der die Barbarei und der Fluch entstanden. Der unerklärliche Widerspruch von einer Substanz des Ekels und der Frage, wie es sich anfühlt, wenn die Wahrheit sich davon macht. Ich kann ein Lied davon singen. Und das Lied ist mir nicht überdrüssig geworden, nur weil die erlernte Demokratie ein Werkzeug geblieben ist und in seiner Anpassungsfähigkeit gegenüber den „Alten Denkern" in einer Veränderung steckt. Ich kann zusehen, wie sie sich auf dem Podium herumquälen, um den Betrug an sich selbst zu verschleiern. Das geschwächte Herz ersetzt nicht die Bausteine der Angst. Nicht die Wut und schon gar den Tod könnte es in Gefahr bringen. Akzeptieren wäre eine Möglichkeit, um eine wackelige Grundlage zu schaffen, die es ermöglicht, den Kipper mit voll beladenem Kies nicht umzustürzen. Denn wenn die Nerven blank liegen, könnte es geschehen, dass ein von mir gemaltes Bild nicht das Licht sehen kann, das nötig ist. Und wenn dann die Ideen auf den Zeichnungen gänzlich fehlen, ist der eingeübte Stimmbruch nicht mehr passend und die moderne Zeit verschenkte Zeit. Daher ist es angebracht, die Stimmen der „Alten Denker" in Zweifel zu ziehen und das Fundament neu auszuheben. Der Versuch, es geschickt einzufädeln, müsste aus der Sicht von Kinderaugen in großen Momenten geschehen. Sie werden nach oben schauen müssen, um den falschen Stolz zu erkennen, der ihnen den Schmerz zufügt. Ja, den nagenden Schmerz, der in den jungen Beinen seine Wirkungen hat, um die vorbei huschende Zukunft fest zu binden. Möge es mir gelingen, dem Vandalismus der Ruinen, der in mir die Bakterien in Honig taucht, Einhalt zu gebieten. Ich kann es dabei belassen und die Erscheinungen in ein Buch legen. Mehr noch. Ich bräuchte es nicht beachten und die Halsschmerzen erdrücken, bis das Wort der Wahrheit erklingt. Dabei ist die Zusage sich freizukaufen nur ein leerer Sack, der vor einer Mühle liegt und darauf wartet, bis die Mahlsteine den rechten Zeh reiben. Wohl dem, der mitbekommt, dass der Müller ebenso ein Abziehbild ist wie sein Nachbar, der endlos auf das schimpft, was ihn stört. Mich stört vieles, und ich gedenke nichts dagegen zu unternehmen. Denn ich habe genug Kriege geführt, die dazu führten, den Sieg nur kurz zu sehen. Gesellschaftlich habe ich das gebeugte Buch auf dem Altar nur einen Augenblick betrachtet und könnte behaupten, die Misere meiner Vergangenheit besser nicht zu beachten. Ich kenne die Gefahren, aus denen der Sandstein die geschliffenen Figuren hervorholt. Ich kenne die

Stoppschilder in grüner Farbe, die jegliche Meinungen revidieren. Die bösartigen Keime explodieren förmlich hinter ihren Fassaden, aus denen ihr falsches Lachen emporwächst. Maskenhaft erklimmen sie ihre Vorsätze und beschämen gleichzeitig das Ansehen der Pharaonen der braunen Liga. Oh ja, der Widerspruch wirkt nur auf einer nassen Wiese, genau dort, wo die Partisanen die Maschinengewehre in die Hände nahmen, um sich der Freiheit bewusst zu werden. Sie gaben die Geschenke nicht aus der Hand. Sie wagten es nicht, die kaputte Welt mit frischer Farbe anzustreichen und ihre Erfahrungen in diversen Copyshops zu vervielfältigen.

Der Fortschritt ist erschwinglich, wären die Gitterstäbe nicht zu dicht. Denn wenn der Stahl aufeinander reibt, schafft es keine Kinderhand da durchzukommen, um ein verhärtetes Herz zu berühren. Wozu sonst würden sich „Alte Denker" an den besonderen Boshaftigkeiten erfreuen und die abgeschlagene Hand zum leeren Gespött deformieren lassen? Wozu? Ich habe nach Antworten gesucht und wurde nicht fündig. Keine Silbe der Erleuchtung. Kein Gramm Fett von guter Butter, die sich am Zahnschmelz so anreichern ließe, dass der gesunde Verstand heil bleiben würde. Die Wege kreuzen den übrig gebliebenen Verstand einer Maus, die ich seit Langem kenne. Sie läuft in der Nacht um die gefüllten Mülltonnen herum und sucht nach etwas Essbarem. Und sie wird fündig, selbst wenn es nur ein alter, harter Kanten ist auf dem sie stundenlang herumkaut, bis er zu Brei geworden ist.

Ich schaue zu und ekele mich. Die dünnen Ideen, die sich in einer Tageszeitung gut lokalisieren lassen, haben nicht den Kick zu begreifen, dass die Milchzähne irgendwann herausfallen, um den richtigen Zahn kommen zu lassen. Denn er wird der Zahn der Zeit und den Punkt auf das Blatt Papier setzen. Und so hinsetzen, dass mein

Elend zu sehen ist, dass ich diese Welt ertragen muss. Sie wird tragbar gemacht. Von Worten. Von Zeitungsartikeln, die den Wunsch haben, Trotz und Wut in einem Stück zu präsentieren. Ja, da dürfen die Kinder im Bild noch lachen. Buntes Vergnügen zeugt einen Schatten des Missbrauchs. Und das ist nicht zu verleugnen, wenn die Paradiese mit verstümmelten Armen und Beinen gezeigt werden. Da hilft auch keine Liebe mehr, die in der Vergangenheit gern den Verzicht probte. Der Aufstand macht sich breit. Jetzt ist einem klar geworden, was der Artikel bezweckt, warum Mitleid ein Zeugnis bleibt und Stolz nur eine Illusion ist. Ich denke auch, dass diese Beschränkung eine Weile den Tag begleitet.

Sie werden nicht zu geben, dass die Schwäche eine kurze Zerstreuung ist. Die „Alten Denker" dürfen ihre Abwesenheit in geschwächter Form so schildern, als wäre ihr Traum eine Postkarte. Nur dass auf dieser Postkarte keine Silbe davon steht, wie lieb eine Seele ist, die nur an sich selbst denkt. Sie meinen, dass der Egoismus die Errungenschaft eines neuen Impulses wäre und dass die Patrioten eine Fahne suchen müssten, mit der sie ihren Sieg feiern könnten. Ich hätte lachen können. Waren es nicht die „Alten Genossen", die die „Brandenburger Pforte" nicht gesehen und darauf verzichtet haben die Reichskanzlei zu besetzen? Der rote Umhang hat deutlich gemacht, dass die Lernweise in Doktrinen nur langsam untergeht. Der Wechsel ist würdig, die neue Gesellschaft salonfähig zu machen. Mietnomaden zeigen es uns. Es wird erst zum Schluss bezahlt, und die fälligen Zinsen erklingen in diversen Bierflaschen wieder. Es spielt zwar keine Rolle, welche Farbe die vergessene Bierflasche hat, aber wenn ich eine auf dem Gehweg liegen sehe, stelle ich mir immer wieder die Frage, warum sie braun ist.

Die meisten Bierflaschen haben diesen bräunlichen Farbton, weil das Licht angeblich einen Einfluss auf den

Geschmack des Bieres haben soll. Ich würde gern die Milchflaschen dafür hergeben, um Kinderaugen leuchten zu sehen. Aber dahinsiechende Kreaturen, die unter einer Brücke leben und seit Jahren die Melodie des Todes pfeifen, können sich nicht zurückerinnern, wann ihre Geburtsurkunde ausgestellt wurde. Kühle Luft zuckt an ihren Hälsen vorbei und rätselt über deren Alter. Aber das Alter spielt am Tage keine Rolle, denn die Inflation kennt kein Pardon und mag nicht den erkauften Spaß.

Die „Alten Denker" schauen ernsthaft in den tiefen Brunnen hinein, der es ihnen erlaubt, die Magie von ungenießbarem Sonnenblumenöl zu erhaschen. Sie wissen, dass ihre persönliche Situation nicht messbar und verabscheuungswürdig bleibt. Die naheliegenden Veränderungen würden es begrüßen, den Sumpf der Habgier zu verlassen und den Postenboten darum zu bitten, dass die Postkarten aus dünnem Toilettenpapier nicht mehr zugestellt werden. Aber dazu kommt es nicht. Die Leberzirrhose schwelgt am Rande des Sieges. Die „Alten Denker", die den Berufsstatus „Arbeitslose Denker" wählten, lieben das Altpapier der TAZ und benutzen es als Matratzenunterlage, um die Feuchtigkeit einzudämmen. Gute Ideen waren schon früher am Leben. Keine Frage. Ich kann sie verstehen. Mehr noch. Wenn ich könnte, würde ich sie alle umarmen und ihnen sagen, dass sie leider den falschen Weg gegangen sind. Geht jetzt einen anderen Weg, einen besseren! Einen der es in sich hat, der gefüllt ist mit samenähnlicher Spontanität – als müssten diese Körner die Gedärme durchbrechen und den Mutterleib spalten, um die Armee der Halbwüchsigen zu stoppen.

Gerade donnern die ausklingenden Alarmsignale über die Viadukte der Schamanen hinweg, als meine Beine fast gelähmt den gestrigen Tag schaffen und die tiefen schwarzen Löcher überqueren. Ich konnte meine Einbildung genau am Stacheldraht forcieren, um meinen

Schlaf zu missbrauchen. Und das verträumte Bild mit dicker Hartpappe fest verschnürt, hat mich am anderen Tag nicht mehr losgelassen. Es belastet einen schwer, denn ich wollte die Pforte des Schweigens mit dem Fuß aufstoßen. Das Scharnier, verrostet, witterte meine Angst und ließ das Licht nicht hindurch. Und es war gut, die Dinge aus allen Perspektiven zu betrachten und die Bibel einfach zuzuschlagen, denn ich spürte meine Niederlage, die ihr kommen allerdings nicht vorhergesagt hatte. Wäre es ein Hauptpreis, würde ich diesen Preis nicht haben wollen. Wozu habe ich all die Jahre die Bücher gelesen, die mich rechtfertigen ließen, wie ich fühlen und denken soll? Kein Therapeut kennt die richtige Zusammenstellung von Schlagsahne und einer scharf angebratenen Currywurst. Ich werde es so stehen lassen, denn der verloren geglaubte Phönix liebt nicht mein Leben, sondern die außergewöhnlichen Illusionen der Gedanken, die einem den festen Boden unter den Füssen wegreißen. Ja! Ich denke, dass die Philosophie kein Mitspracherecht besitzt, wie die „Alten Denker" ihren Tag organisieren. Der Job, wenn einer vorhanden, genießt keine Freiheit der Selbstständigkeit. Oh nein! Dahinter versteckt sich ein Zwang. Ein Zwang, der Grenzen überwindet, um die Produktivität zu steigern. Die Gewinne haben den Vorrang im Alltag eingenommen, stehen in der Ernährungspyramide ganz oben und schöpfen den restlichen gesunden Anteil langsam ab, um der Oberfläche die nackte Struktur der Angst wiederzugeben. Und so leben die „Alten Denker" in der heutigen Zeit und stimmen wie im Chor dem Stress hinzu. Die kurze Atmung ist ein Merkmal dafür, dass der Kreislauf bald zusammenbricht. Aber Vorsicht. Die Ärzte kennen jede Blutgruppe der Menschheit und verurteilen die Gesellschaft, indem sie mit teuren Medikamenten die Einheit zwischen Lüge und Wahrheit vergrößern.

Schenkt den Lügen mehr Glauben. Sie denunzieren den Schwachen, und das Opfer auf der Straße freut sich auf die Kugel, die an der Ecke auf ihn wartet. Kein Schema gleicht dem anderen. So ist die Welt wahrzunehmen. Sie gibt einem die Hand und gleichzeitig roden die „Alten Denker" den Amazonas, als würde es nichts kosten. Das Paradies braucht keiner mehr. Niemand möchte den Kindern und Enkeln etwas vom goldenen Regen erzählen. Die Kinder wissen nicht, was der trockene Boden für eine Geschichte besitzt. Jede Wurzel im Erdreich kennt die Wege des Glücks und doch schenken die Kinder diesem Umstand nicht die nötige Beachtung, die es braucht, um die „Alten Denker" zum Umdenken zu bewegen. Ich konnte es nicht schaffen, die alten Philosophen davon zu überzeugen, dass die Sonne nur ein Planet ist, der in seinen welligen Strömungen uns warme Winde schenkt. Der es zulässt, dass die Wärmestrahlen jedes Molekül berühren, um in den Kreislauf zu gelangen, der den Zyklus „Liebe und Hoffnung" vereinnahmt – so vereinnahmt, dass die Lebenslinien einem jeden freilaufenden Kojoten den wahren Weg zeigen. Aber leider ist die Wirklichkeit eine andere. Bevor sie den reifen Apfel ernten, ziehen sie lieber das Frühjahr vor und rupfen die Blüte ab, die nicht mal richtig aufblühen durfte. – Ja, es sind die erschwinglichen Episoden einer Welt, die ich nicht befürworte. Deshalb muss ich den Anfang dieser Zeilen auf den Kopf stelle. Ich mag das Chaos der zarten Zebrastreifen auf den asphaltierten Straßen, denn da fühle ich mich sicher, unfallfrei auf der anderen Straßenseite anzukommen.

Es gibt Tage, an denen ich lesen muss, dass die braunen Gestalten in den Plattenbauten den Zebrastreifen nicht beachten. Sie dulden keinen Widerspruch und schreien die Erlen an, als ob die Bäume vor lauter Angst das Laub fallenlassen würden. Aber in meinem dicken Mantel, den ich vor zwei Jahren gekauft habe, war die Innentasche nicht groß genug, um das Buch „Mein Kampf" hineinzustecken. Heute kann ich froh sein, wenn Bus und Tram die Stationen ansagen und mich zum nächsten „Jüdische Friedhof" bringen. Ich brauche diese Gegensätze, um nachzudenken warum der gelbe Davidstern draußen vor der Loge den ersten Akt seines unnötigen Auflebens braucht. Brauche ich das? Oh, nein! Keiner braucht das, denn die „Jüdischen Denker" kennen das Gesicht des Lächelns. Ich glaube, dass sie die Straßen mögen, wo einst der Fleischer sein Schweinefleisch auf der Ladetheke frisch zur Schau stellen durfte. Ihre Geschichten sind bereits davor niedergeschrieben worden, in Tora-Rollen verewigt, um sich daran zu salben. Mehr noch. Die „Jüdischen Denker" gewinnen mehr Raum, wenn sie eine Leitplanke aus Balsamholz an den Wänden befestigen. Sie halten sich mit der rechten Hand fest und können so mit der linken ein Buch in den Himmel senden. Und was steht in diesem Buch geschrieben, wenn sie es mit Stolz ins Licht halten? Die Wahrheit!

Eigentlich könnte das schon das Schlusswort sein. Ich unterstreiche mit einem Lineal dick und fett das Wort Wahrheit und gehe anschließend in eine Kaufhalle, schaue mich um und zähle die Anzahl der Atheisten an den Weinregalen, die sich natürlich ihrer Angst nicht bewusst sind. Ich betrachte ihre Gesichter und denke, dass die nagende Unzufriedenheit, in der sie sich befinden, eine große Rolle spielt. Sie scheinen eine Wahl als Notausgang bekommen zu haben, wo sie hindurch schlüpfen. Aber die Kaufhallen schließen tief in der Nacht. Die Dunkelheit trübt den nackten Wahnsinn, sodass sie nicht darüber nachdenken wollen, warum sie die Wahl nicht erkennen. Mein Vaterland ist der Beweis dafür, dass mein Stolz zur Nationalität auf vagen Füßen steht. Hinzu kommt, dass ich kein Fanatiker für den Lederball bin. Auch damit kann ich leben. Die Tatsache, dass sich zwei

Tore auf einem Spielfeld gegenüber stehen, rechtfertigt nicht den Anpfiff des Spieles ohne mich.

Das Leben formiert sich weiter. Der Wind bringt die Fahne auf dem Dach in Bewegung, und ich darf die Haustür verschließen, damit ich merke, dass meine Einkaufstüte wieder leer ist. Mein ursprünglicher Entschluss aus dem Zeitungsständer in der Kaufhalle meine Tageszeitung zu nehmen, wurde von mir verdrängt und fand keine Beachtung mehr. Mein Interesse am Davidstern bleibt dagegen unverändert. Die magischen Kräfte erzeugen ein visualisierendes Bild in mir. Ich zeichne den Davidstern mit Bleistift nach und frage mich, warum gerade dieses Symbol so eine Kraft besitzt, dass die ganze Welt sich damit beschäftigt es zu verbrennen, zu verdammen, zu verbiegen und zu verleugnen? Aber ich nehme diesen Zustand ernst und versende die in mir entstandenen Empfindungen an die Götter, die schon lange nicht mehr am Zaun applaudieren.

Ich glaube hier kann ich mit dem eigentlichen Anfang einer kleinen Geschichte beginnen, die sich damit beschäftigt, worin der Unterschied zwischen einem Juden und mir besteht. – Wenn ein neuer Tag beginnt, ich das Bett verlasse und zur Küche gehe, schlurfe ich leise an meinem Bücherbord vorbei. Automatisch, ohne sie zu beachten, laufe ich an diesen lehrreichen Büchern vorbei. Aber es kam der Tag, da ich vor dem Bücherbord stehen blieb und aus der dritten Reihe nach einem Buch griff. Ich schaute mir das Buch an und las den wunderbaren Titel „Die Anatomie eines alten Denkers". Es war kein Roman, kein Krimi oder gar ein philosophisches Buch, sondern ein Biologiebuch. Ich blätterte zur ersten Seite und sah den Menschen in seiner ganzen Pracht, so wie er war – mit Venen, Muskeln, Blutbahnen, Geschlecht, Augen, Zähnen und mit einem zarten und verschmitzt wirkenden Mund. Und da kam urplötzlich die Frage in mir auf, wie man die Anatomie eines „Alten Denkers" und eines „Jüdischen Denker" unterscheiden kann. An dieser Stelle begann für mich ein Drama der Auseinandersetzung, von dem ich mich schlecht erholt habe. Ständig holten mich die Gedanken des Todes ein, dass die „Jüdische Denker" ein anderes Herz oder gar eine andere Hautfarbe hätten. Aber diese Gedanken gab ich sofort wieder auf und bemühte mich um Realismus. Wozu dieses Affentheater bei der braunen Garde, die in den dreißiger Jahren eine „Endlösung" beschlossen hatten? Mit dem Begriff „Endlösung" waren viele Literaturangaben verbunden, die begründen wollten, dass die „Jüdischen Denker" eine Gefahr für die Menschheit darstellten. Die Gefahren waren allerdings erdacht, denn ein Beweis fehlt bis heute. Des weiteren verfolgte man „Ideelle Denker", aus denen sogenanntes arisches Denken hervorgehen sollte. Aber das Denken wählt keine Hautfarben, und der Zaun, der um sie erbaut wurde, wahr ihnen zu flach gewesen, um darüber zu steigen. Ihre Fantasie machte es möglich, den Begriff „Jüdischer Apfel" ungenießbar zu machen, auch wenn die Apfelbäume auf deutschem Boden standen. Oder gab etwa der Fleischer, der eine Kuh oder eine Ziege sein Eigen nannte, dem Vieh arisches Heu zum Fressen? Nein, so kann man die Dinge nicht sehen. Die Gedanken, die sich in einem vertiefen, machen das Wort zu einem Possenspiel, zu einem Machtexemplar mit der Maßgabe ein Feindbild zu basteln.

Ich war der Jüngste in der Familie und erkannte den Pfeil und Bogen als das, was man damit bezwecken möchte. Entweder mit dem Pfeil ein Wild zu schießen oder ein Ziel zu wählen und den genauen Mittelpunkt anzuvisieren. Das Ziel anzuvisieren war mir lieber gewesen, und doch gab es Schulkameraden, die einen Davidstern auf die Zielscheibe malten und dabei schrien: „Nieder mit den Juden." Ich legte den Pfeil auf die Erde, bin nach Hause gelaufen und war erschüttert. Es gab keinen Widerspruch, als das Thema in der Schule angesprochen wurde. Ich wählte das Geschichtsfach und hegte den Wunsch der Aufklärung. Die Erfahrung lehrte mich aber etwas anderes. Seit diesem Tag wurde ich gehänselt. Man nannte mich „Judenfreund" und ich konnte zwei Wochen lang dem Stubenarrest frönen. – Und wenn ich heute eine unaufgeräumte Kaufhalle betrete und mich der Weg an diversen Süßigkeiten vorbei zum Zeitungsstand führt, mit seinen sinnlosen Modeheften und langweiligen Kreuzworträtseln, dann ist mein eigner Anspruch für eine normale Tageszeitung gesunken. Betrübt möchte ich diese Stätte verlassen, wenn nicht die „Alten Denker" wären, die vor den Weinregalen stehen und nicht wissen, welche Sorte von Wein sie wählen sollen. In diesem Augenblick aber beobachte ich, wie viele Flaschen in ihre Einkaufskörbe wandern. Dann fängt mein Darm zu scherzen an. Ich sollte also einen Schritt zurücktreten und den Dingen ihren Lauf lassen. Ich kann ohnehin nichts verändern. Ihr Denken entzieht sich dem Wohlstand. Ihr Denken ordnet die vergifteten hoch alkoholisierten Gedanken auf einem abgebrochenen Ast, der wegen der Last der Angst irgendwann zerbricht. Vulgär und pervers leuchten die verstümmelten Zähne aus ihren Mündern, sie lallen die Wörter ohne Sinn herunter und versuchen nach einem Rettungsring Ausschau zu halten.

Ich kehre um. Will nichts mehr davon wissen. Es tut einem Leid, wenn ein gutes Buch nicht gelesen wird. Wenn es in einem der vielen Regale einer Buchhandlung verstaubt und darauf wartet gekauft zu werden. „Dem Alkohol den Rücken kehren". An manchen Tagen steht es direkt im Schaufenster. Ich war stolz auf mich, den Buchhändler auf dieses Buch hin angesprochen zu haben, dass dieser Bestseller in seinem Schaufenster steht. Es fällt mir schwer, die Schatten nicht zu beachten und das Schöne und den frivolen Abklatsch festzuhalten, um damit klarzukommen, wie sich die Welt dreht. Die negativen Veränderungen wagen es die äußeren Betrachtungen zu analysieren, die mein Gesicht böse machen.

Ich habe letztendlich das Biologiebuch durchgelesen und konnte keine Definition finden, die mir erklärt, wie der Hass auf die Juden zustande kommen konnte. Die eigentliche Ursachenforschung mag durch ein labortechnisches Gutachten von einem Blutbild vorangetrieben werden. Es wird keine fünfte Blutgruppe geben, nur weil ein „Jüdischer Denker" kein Rosinenbrötchen mag. Die Blutgruppen sind festgelegt und gelten für jeden geborenen Denker auf dem Planeten. Die Muskeln sind in Kraft eingelegt, der Mund ist von Zartheit umgeben, die Arme tragen den Umhang und die Beine den Wahnsinn, um Heim zu kommen. Die Hände mit seinen Fingern und Flächen und das Herz, das dem Körper Energie gibt. Die zarte Haut, die gebrechlich, feinfühlig ist und die Seele schützt. Die Augen, in denen sich das Licht bricht. Es genügt zu wissen, dass wir diese Gaben mit der Geburt bekommen, mit dem ersten Atemzug.

Die Gehirnmasse ist in ihrer Beschränkung wie eine Autobahn zu betrachten, die eindeutig den fließenden Verkehr beherrscht, um den Kreislauf der Gedanken und Illusionen Einhalt zu gebieten. Das Lebensschema funktioniert und es lebt in denen, die ihrem Planeten dienen wollen. Sie beugen sich dem Gesetz der Natur und fragen nicht, wer sie sind und welche Hautfarben sie haben. Die resultierenden, nachempfundenen Gefühle, die beim Schmerz entstehen, machen vor einem „Jüdischen Denker" keinen Bogen. Es werden die gleichen Tränen, die nach einem festen Impuls entfacht werden, die Wange hinabgleiten. Ebenso ist und bleibt es ein Gesetz, dass man sich mit einem Kartoffelschälmesser eine Verletzung zuziehen kann. Man rutscht ab und schon ist ein feiner sauberer Schnitt in der Haut zu sehen. Die Folge ist. Die Wunde beginnt zu bluten. Und kein Arzt wird weniger Verbandsstoff beim „Jüdischen Denker" verwenden müssen als bei einem „Alten Denker". Die Frage deines Namens steht dabei nicht im Raum. Der verletzte Denker wird versorgt, um Heilung zu erfahren. Der Heilungsprozess wird seine Zeit brauchen, ohne nach der Herkunft des Verletzten zu fragen. Sein Land ist mein Land.

Ich habe das Wort gewählt und müsste mein Leib auffordern, mein Denken in andere Welten zu versenden. Aber mir ist der Sinn dafür verloren gegangen, mich darum zu kümmern, warum die Identität eines „Alten Denkers" immer in Frage gestellt wird. Die Zerwürfnisse mögen den Abschied, und der Traum, den ich in der Vergangenheit auf Abstand halten musste, widerspiegelt den Prozess der Unordnung. Eine Unordnung, die meinen Willen zerbricht. Die Kraft gegenzusteuern erwirkt eine Vielzahl von erlebten Geschichten, die sich in meiner Wut miteinander verbinden und in kleinen aber gleichmäßigen Abständen aufbauschen und sich niederlegen. Zaghaft wähle ich den Weg der Auseinandersetzung, der es mir ermöglicht, für die innere Reife ein Verständnis zu bekommen. Verurteilungen halten ihren Standpunkt nur für kurze Zeit und denken nicht daran ein Plakat abzunehmen, worauf geschrieben steht: Ich bin ein Idol. Ich wäre ein König. Ein Genie, der über allen Dingen steht. Aber was ist ein Genie? Ein Idol? Ein Patriot? Ein Widerstandskämpfer? Ein Genosse? Ein Häftling? Sind das die „Alten Denker", die Pflastersteine erfanden, um sich daran zu salben wer sie waren und dass sie hier lebten und arbeiteten? Sind das die erbärmlichen Reste der „Alten Denker", die ihren Protest laut herausgeschrien haben, die sagten, sie seien keine „Deutschen

Denker", sondern Denker aller Länder? Und da liegen die Pflastersteine aus Messing. Auf den Straßen. An den Ecken zwischen Ost und Süd. Zwischen Wut und Hass. Zwischen Krieg und Frieden. Sie zieren Straßenzüge, und die wenigen „Alten Denker" bemerken den harten Stein unter ihren Füßen nicht. Wie auch ich. Es ist kein Zugeben, keine Offenbarung für ein Fehlverhalten, für Missachtung. Oh nein! Es ist eine Begebenheit, die es zulässt, sie an einem bestimmten Tag zu entdecken. Sie zu sehen, zu beachten. Ich kann mich gut daran erinnern, wie ich diese Steine mit ihrem Namenszug ignorierte und nicht einen einzigen Widerspruch in mir verspürte.

Und wie das Leben so spielt, bin ich durch Zufall mit dem Fahrrad vor einem Altbau stehen geblieben und sah vor meinen Füßen drei in den Fußweg eingelassene Messingsteine. Sie fielen nur dadurch auf, weil sie in der Sonne etwas blinkten. Ich las die Lebensdaten dieser „Alten Denker" und stellte plötzlich fest, dass es „Jüdische Denker" waren, die in diesem Haus gelebt haben. Die Eingangspforte stand weit offen und ich konnte die vielen Hinterhöfe einsehen, die im Dunkeln ihre Umrisse zeigten. Ich kniete mich hin und las deren Geburtsdaten und wann und wo sie gestorben sind: erschossen, erhängt, verhungert oder vergast. Ich konnte nicht begreifen, was auf diesem Stolperstein in kurzen Sätzen stand. Fassungslos stand ich wieder auf und lief in das Haus, wo die Hinterhöfe auf mich warteten. Ich hatte keine andere Wahl, um weiter nachzuforschen, wo und wie sie damals lebten. Der kühle Hausflur ließ erahnen, wie viel feuchte Luft da im Laufe der Jahrzehnte hindurchgekrochen war. Modernisierung, ein kühnes Wort. Hier geschehen. Neue Briefkästen an der Wand. Mit vergoldeten Namensschildern und hellen Wänden. Alles neu. Im ersten Hinterhof stand noch ein Baugerüst und lagen Bauplanen. Kein Grün. Kein Baum. Nichts. Nur Schutt aus zersplitterten Kacheln, altem Putz und verschimmelten Tapetenresten. Im zweiten Hinterhof sah ich einen grünen Rasen und zwei junge Kastanienbäume zu beiden Seiten. Der Straßenlärm war kaum zu hören. Stille machte sich breit, als ich einen „Alten Denker" husten hörte. Ich schaute rechts von mir in eine Parterrewohnung hinein und sah einen „Alten Denker", der vor eine Stafette stand und malte. Ich war unglaublich glücklich, als ich sah, dass ein „Alter Denker" um diese Tageszeit malte. Vier Schritte fehlten noch, um sein leicht geöffnetes Fenster zu berühren. Ich klopfte leise an die Scheibe. Ich wollte ihn nicht beim Malen erschrecken, lästige Störungen vermeiden. Ohne mich anzuschauen, legte er langsam seinen Aquarellpinsel nieder und schaute mich fast vorwurfsvoll an. Fast so, als wollte er sagen: Was kann mir schon geschehen, wenn ich umgeben bin von weicher Farbe, von gelben Tönen, die ihre Sonne verschenkt? Wer kann mir jetzt meinen Atem rauben oder die Düfte der Rosen und Veilchen? Ich kann nicht mehr untergehen und meine Angst beschönigen.

Leise höre ich das gewellte Nass von Papier sich biegen. Es windet sich nach innen, mein Trommelfell beginnt zu zirpen. Der „Alte Denker" mit seinem bizarren Räuspern unter seinem unrasierten Bart kaschiert das fein gestrichene Bild mit einem Pinsel. Die richtigen Farben auszuwählen, erschien ihm nicht wichtig. Er mischte mit gelangweilter Geste die Farben. Es machte mir Freude, ihm zuzusehen. Seine Herkunft habe ich in seinen Augen nicht gesehen. Ich sah nur die Wogen der Ozeane, die ihre kühle Luft an den Strand brachten. In diesem Augenblick erblickte ich einen Diamanten aus schwefelhaltigen Kristallen, die ein Paradies für mich bereithielten.

Der „Alte Denker" saß auf einem Schemel und hatte sich seit Jahren sein eigenes Reich zusammengebastelt, umrahmt von seinen Bildern – als würde er seinen Charme beschützen wollen, keinem zur Last fallen und damit keiner sieht, dass hier im Hinterhof eine diffuse Kerze brennt.

Ich habe ihn kennengelernt, denn ich habe es schließlich gewagt, an seine verschmutzten Fenster zu klopfen. Durch den Schein einer Lampe, die sein Atelier beleuchtete, konnte ich sehen, dass er ein Bild malte. Und das war der Anlass, ihn zu belästigen. Und ob Gott der wahre Zeuge war, lasse ich mal dahingestellt. Ich fragte ihn, ob es für ihn okay wäre, wenn ich ihm bei der Arbeit zuschauen würde. Überrascht schaut er in mir in die Augen.

„Wer will mich hier sehen?", fragte er. „Beim Malen, hier in meinem Atelier?" Er öffnete mir die Tür und ließ mich eintreten. Ein chaotisches Bild öffnete sich vor meinen Augen. Überall die vielen Farbtöpfe. Unmengen fertig gemalter Bilder, die sich an den Wänden stapelten. Viele unfertige Skizzen verdeckten die Arbeitsfläche des Tisches, der direkt unter einem Fenster stand. Dieser „Alte Denker" war schmal und blass im Gesicht. Sein Alter schätzte ich auf fünfundachtzig Jahre. Sein dünnes Haar ließ erahnen, dass er viele Schicksalsschläge überlebt hatte. Die Falten im Gesicht strahlten aber dennoch Zufriedenheit aus. – Am Anfang dachte ich, es mit einem ausgeglichenen Denker zu tun zu haben. Aber nach kurzer Zeit musste ich meine Meinung revidieren. Er war hoch sensibel, feinfühlig in seiner Aussprache. Mit Bedacht wählte er seine Worte, die nicht verraten sollten, woher er kam und woher er seine Kraft zum Überleben bekam, denn ich spürte eine euphorische aber auch mit Angst vermischte Struktur in seinen Motiven. Sie gaben keine Auskunft über Mitleid oder Schmerz. Und das hat mich betroffen gemacht. Mir konnte nichts passieren, das wusste ich. Solange mich die bunte Creme von Violett und Blau, von Gelb und Magenta umgarnte, war ich vom Paradies umgeben. Hier war die Wahrheit mit dem verlorenen Sternenbild eins. Als wäre es ein geschlossener Pakt, den ich eingegangen war. Als ich sein Atelier betrat, wusste ich, hier darf ich sein. Hier entstehen die Welten neu – Welten, die ich nie zuvor gesehen hatte. Mit einem Flügelschlag erdrosselte mein Gefühl die Bitterkeit. Ich wagte es, mich seinem Tisch zu nähern.

„Schau nur. Sieh dir die Bilder an", meinte der Alte Maler zu mir. „Bediene dich und mach dich satt von nie dagewesenen Träumen."

Zuckersüß war dieser Nektar von hellen warmen Farben. Ich roch die Farben, und man möge mir verzeihen, wenn ich aus den Zeilen entspringe, um diesen Duft einer Biene nachzuempfinden.

Ist Talent ein Weg zur Offenbarung, eine verlorene Dankbarkeit, die sich entfremdet und weit genug versteckt? Ich weiß es nicht. Ich vermute, dass die Linien auf dem Aquarellen mich bewusst werden lassen, meine Umkehr zu überdenken, die ich in einem Schuhkarton eingesperrt habe. Das Geschenkte, und ich nenne es „die Gabe der Armut", das jeden Pinselstrich in aufgeweckter Form sichtbar macht, kann den Unwissenden nicht davor schützen, sich seiner Angst zu stellen. Wäre doch ein Wunsch am Leben, ein Relikt, das sich über die Wahrheit empor hebt und die Gabe annimmt, damit die Angst neuen Spielraum erhält. Welche Ursache bringt mich dazu, das festzuhalten, die Flucht so zu arrangieren, dass der Fußabdruck am Strand nicht zu sehen ist. Ich kann die angespülten Wellen zählen, mit denen ich meinen nassen Kot an die Wände schmiere. Die Zeichnungen werden nachweisen müssen, dass meine Kindheit anders verlief als ich dachte. Aber sie ist nicht anders verlaufen. Das Bild von einem süffigen Kodex habe ich mit Kreide an die Tafel gemalt. Die Lehrer zuckten zurück, denn sie waren nicht daran gewöhnt, die feinfühlige Seele eines

Kindes zu betrachten. Sie haben nicht verstanden, dass ein Kind die Gerechtigkeit mehr liebt als die ewige Schuld zu suchen. Ist die Welt denn gerecht, wenn der Hampelmann im Zirkus nur die Kinder in der ersten Reihe begrüßt oder sollte ein Kinderlachen eher am Grab eines verstorbenen Teddy seinen Einklang finden?

Meine Gedanken, die ich wie ein Stück Vieh auf einem wackligen Stehpult massakrieren könnte, um so meiner Erleuchtung zu entgehen, brennen. Und sie sind nicht greifbar. Verdorben begrüße ich das ausgeblichene Laub, das meine Untertanen verschmäht. Genug gelesen von Heiligkeit und falscher Post, die mir immer abends wenn das Bett rief einen genitalen Schmerz verursacht hat. Ich schreibe mein Vermächtnis nieder, das den wilden Chaoten im Traum das Geschirr zerschmettert. Der schwarze Stift, der die Grenzen meines Wachstums schmälert, wird den fetten Punkt setzen. Die Verdächtigungen haben mich aus der Ruhe gebracht, denn ich wollte lernen, dass die Abziehbilder auf keine belanglose Floskel passen. Und zum Ende gehe ich leer aus.

Ich schaue dem alten Maler über die Schulter, der das Bild fast fertig hat. Ich hätte mir gewünscht, den griffigen dicken Pinsel selbst in die Hand zu nehmen, um den andauernden Krieg in mir auf Leinwand zu verewigen. Doch ich war nicht bereit dazu. Abwartend sehe ich zu, wie das Bild fertig wird. Ich wollte nicht verpassen, wenn die Farbe tropft und die Geduld des Malers aufgebraucht wird. – Sie kennen die Maßstäbe einer nicht definierten Welt, denke ich so bei mir und betrachte den Maler. Sie geben doch zu, dass die braunen Stoffe unbehaglich auf den Schultern sitzen, oder nicht? Es wird bald die Zeit kommen, da ihre Konfektionsgröße eine Nummer kleiner wird. Der Anzug wird nach unten rutschen und im Wind verwehen. Kein Blatt würde sich in ihre Brieftasche verirren, um die vergessene Dinge der Vergangenheit aufzuschreiben. Der Mangel an Neugierde und Witz verbrennt am Rand unserer Gedanken, nur weil der Zucker im Tee bis heute noch fehlte.

Der Alte Maler sitzt verschränkt vor dem Pult und überlegt, welche Züge die Ruine des Altbaus im Bild haben soll. Ich sah ihm an, dass sein gemaltes Bild nicht dem entsprach, was es aussagen sollte. Unzufriedenheit umschloss seine verlassene Seele.

„Was ist nur heute los?", schrie der alte Maler seinen Frust heraus, stand wutentbrannt auf und öffnete das Seitenfenster seines Ateliers.

„Sie schieben ihre Erfahrungen vor sich her und achten darauf die fremde Maske nicht abzusetzen. Sie ist seit Jahren zu Ihrer eigenen Maske geworden. Sie erfüllt eine fremde Philosophie, die das Unbekannte verschönt. In bunten Farben ersetzt sie die nicht verstandene Leere, die keinen Reichturm kennt."

„Woher nimmst du das Recht, das so auszusprechen? Du weißt doch gar nicht wer ich bin?"

Der Punkt war gesetzt. Mein schwarzer Farbstift markierte auf meinem beschriebenen Blatt genau den Ort, wo die Gefühle die Wahrheit durchkreuzten. Dabei dachte ich, welche Energie mich zum Hafen der Ruhe führen würde. – Ein alter Maler an einem Ort, den ich nie zuvor kannte. In einem Hinterhof. Im zweiten, dort, wo zwei Kastanienbäume sich das Grün teilten. Stehend und dann sitzend sah ich die arme Kreatur am Pult eines Bildes stehen. Was wäre, wenn ich nicht ihn, sondern einen jungen unerfahrenen Müllmann, der eine Straße säubert und keine Vergangenheit besitzt, kennengelernt hätte? Aber diese Frage ist hinfällig.

Ich entdeckte auf einer Anrichte einige Fotografien aus einer Zeit, als der Frieden noch bemüht war, das Trinkwasser sauber zu halten. Auf einem der Fotos schauten mich drei Frauen an. Kein Lächeln. Ernst und traurig waren ihre Augen. Die Münder dünn verschlossen. Graue Wintermäntel, leicht geschwefelt die gelbe Armbinde des Davidsterns.

„Die in der Mitte, das war meine Frau", sagte der alte Maler leise zu mir. Ich hatte es geahnt. Warum dieser Stern mich verfolgte, verstand ich nicht. Aber dennoch wollte ich wissen, warum die Dramatik des Judentums Jahrzehnte überdauerte. Die gelesenen Bücher gaben mir keine Auskunft. Die Lebenden schwiegen, und die etwas sagen wollten, dienten bereits der Presse und erzeugten eine Geldschwemme, die dem Journalismus mehr zum Vorteil gereichte als der Allgemeinheit. Wozu also sich auf den Weg machen und einen Juden suchen? Sie erkennt man auf der Straße ohnehin nicht mehr. Zu modern ziehen sie sich an und frönen bei einem Glas Wein jener Liebe, die sie früher nie bekamen. Und wenn man sie fragt: „Bist du ein Jude?", dann drehen sie sich einfach um und kehren dir den Rücken zu. Kein „Denker" ist in der Furcht seiner selbst oder wird das Geschehene entwurzeln, um dem gelebten Prisma zu entkommen. Das müsste wohl der wunde Punkt sein, der nicht gemalt wurde, denn das ewige Unheil eitert, bis es zu einem Flächenbrand wird.

Wie ein König stehst du vor den erbärmlichen „Alten Denkern" und winkst die Generationen durch. Du könntest ihr Vorbild sein. Du könntest ihnen sagen, lasst es so stehen und schaut nach vorn. Aber nein, es wird abgelehnt. Die Angst herrscht. Schon zu meiner Zeit, als das kleine Kind in mir erschien, habe ich durch Bilder etwas über euren Krieg erfahren. Eure Bilder, die mit Blut und Schmerz an den Ecken getränkt sich nach oben wölbten. Ich weiß nicht, wie oft diese Bilder durch meine Hände gingen. Letztendlich ist es aber unwichtig, denn du, jüdischer Maler, malst jeden Tag die Angst nach. Die

Henker von damals kannten keine Gnade. Sie hielten das Fallbeil in ihren blutigen Händen und warteten auf das Fleisch, das ihnen nicht bekam. Aus Freude dem anderen Schmerz zufügen, das sind die Pioniere des modernen Sadismus, der dazu führte, ihrer Welt zu zeigen, wie sie selbst einst behandelt wurden. – Kann man das entschuldigen?

Dem alten Maler stockte der Atem. Er stocherte mit einem Teelöffel in seiner Tasse herum und schaute mich mit kurzen Blicken an. Der Versuch, den Lauf eines Gewehrs zu messen, ist unwichtig, denn die Geschwindigkeit des Projektils kann den Tod ohnehin nicht verhindern. Ruß und Feuer werden das Gestein nur heller machen und die Muttererde mit der Asche der Menschenknochen bereichern. Aber hier müsste das Drama sein Ende finden. Die Sorgen der Nachkommen werden in den Tageszeitungen niedergeschrieben. Ein Skandal könnte es werden. Mahnmale entstehen neu. Manche werden restauriert und heimlich der Natur übergeben. Die Stelen werden höher, imposanter, prächtiger, als würde die Popmusik die Geschwindigkeit der Klänge neu erleben wollen.

Ich sehe die bunten Kränze liegen. Die Namen in Stein gemeißelt. Nichtssagend. Fremde Gedanken schmücken das Leid. Violinenklänge schwingen durch den Tag. Der Kniefall ist oft geprobt und der Moment in den Himmel zu schauen, ist der Grausamkeit gewidmet. Und dann kommt das Schweigen. Im Minutentakt strapaziert sich der ausgesprochene Offenbarungseid gelangweilt an allen vorbei, die kein Andenken mit sich tragen. Und was wäre all das, ohne das Jesuskreuz, das den heiligen Berg erklimmt? Würde die Uniform eines Soldaten diese imposante Facette übernehmen? Was ist mit denen, die ihr „Lied von Tod" vergasen? Besondere Bedeutungen verlieren schnell ihren Sinn. Ein Lebenssinn, der seine Achtung wahrnimmt, um fortzukommen, der die Enge von Dunkelheit in sich aufsaugt.

Leg den dünnen Pinsel nieder und gib der Stille die Möglichkeit Worte zu finden, die den fremden Frieden beschreiben. Aber ich sehe schon, die Ungeduld frisst dich auf. Deine Qual mag die Geschichte deiner Bilder erzählen. Sie werden die Erschießungen neu inszenieren, den Akt mit wertvollen Aspekten umhüllen. Sehnsüchte verschenken ihre Taten. Dein Stolz verliert das Spiel. Ein Spiel, das nie begonnen hat. Schau mich nicht fassungslos an! Die Wahrheit kennt den Krieg nicht. Wahrheit ist in seiner Unbefangenheit frei und gedenkt der Toten nicht. Wahrheit ist nicht allwissend. Wahrheit ist keine Jahreszeit, die in ihrer Vergänglichkeit die Fröhlichkeit beschenkt. Wahrheit ist keine Macht, die eine Stimme braucht. Die Wahrheit ist nicht geschmückt mit bunten Luftballons der Vergesslichkeit. Sie verschenkt keinen Glauben. Nicht mal die Gabe der Kreativität zum Überleben ist durch sie garantiert. Daher ist dein Wissen kläglich und nähert sich tatsächlich keinen Zentimeter weiter dem Licht. Fortwährend wirst du das Wasser in deiner bunten Blumenvase austauschen und die Bitterkeit am Rande des Wasserspiegels übrig lassen. Ja, es ist prekär, dass deine Weltanschauung an bestimmten Straßenecken einfach endet und du nicht gewillt bist, etwas Neues zuzulassen. Das verdorbene Schema hält das ganze Gebilde deiner Angst fest und sortiert das Gute aus, um deinem Mitleid gerecht zu werden. Die ständigen Ablehnungen mögen in manchen Fällen wohl richtig sein, aber deine Wahl zur Wahrheit wartet darauf, dass dein Zeigefinger nicht nach oben zeigt. Die Sucht nach der Freiheit unterliegt deinem Willen. Verschönere deine Tage und hebe die dicke Baumwolldecke hoch, die eine fruchtbare Dunkelheit bereithält. Sie ist dann fort, wenn das Licht den letzten Winkel deiner Angst beleuchtet hat. Fürchte dich nicht, dass die Bulldozer die letzten Baracken abreißen wollen. Die Blumenwalze verschickt die Rosen mit seinen Dornen. Sie grenzen den Traum ein, der dich in der Kreativität behindert. Mehr noch. – Na, deine Augen begrünen dein dünnes Zwerchfell als möchtest du dein verlorenes Lachen wiedergewinnen. Dein Bild möchte nicht den Zweck verfolgen, den du seit Jahren begehrst. Was folgt ist das Opfer, das mit deiner Wahrheit zu tun hat. Es folgt dir auf Schritt und Tritt. Du brauchst nicht abzuwinken. Dein Wissen ist kläglich. Deine Sicht über die Wahrheit ist verblendet, weil du denkst, die Illusionen gehören der Vergangenheit an. Dabei ist die Wahrheit eine Hürde, die du nicht überspringen willst, weil deine Vergangenheit nur aus Illusionen besteht.

2

Die Suche geht weiter. Der alte Maler malte sein Bild an einem der nächsten Tage tatsächlich zu Ende. Es hat mich gewurmt, dass das harmonische Gesamtbild von Maler und Objekt nicht zum Guten führte. War mein Eindringen in sein Atelier die Ursache, dass sein Bild nicht am selben Tag fertig wurde? Die Namensschilder fehlten. Leere Briefkästen warteten auf Post. Der große Abstand, der uns trennte, war einer der vielen beherrschenden Illusionen, die den Schritt nach vorn verhinderten. Ich musste die uralten Floskeln von Beteuerung und Scham ablegen. Ich hatte zwar die Wahl, aber meine Weste war unbefleckt, und ich konnte behaupten, dass ich mit den braunen Bohnen in der Talsohle 39 nichts zu tun hatte. Möge er doch die Bohnen genießen, wenn ihm danach ist, und feststellen, wie Schuld schmeckt.

„Neues Deutschland". Wer will das hören? Mag der Widerwille mich erzürnen und mein Inneres wachrufen.

Die Tränen kommen nicht mehr. Die Bachsohle ist zu sehen. Der Fisch zappelt umher und wartet auf die feuchte Zeit. Vulgäre Kommentare, die es nicht geschafft haben, den Rang eines Lügners abzulaufen, kann man lesen. Sie prägen die Schuld und stellen im großen Stil die Plakate mit der Aufschrift her: SCHULD. Die Klappe ist geschlossen und sechzig Jahre sind wieder ins Land gegangen und der alte Maler malt und malt und erkrankt an seiner Angst. Ich kann es ihm nicht sagen. Es steht mir nicht zu. Das hohe Alter rüffelt den Rang herab. Die Reife würzt die Suppe. Das Rückenmark gedenkt der Sprache, die einem sagt, wer man ist.

Was wäre, wenn die Vergangenheit nicht am dünnen Lebenstropfen hängen bleiben würde? Aber diese Frage ist nicht so zu stellen. Ich weiß. Daher ist es auch nicht möglich, den „Juden" zu definieren. Auch nicht die „Farbigen Denker" in den afrikanischen Ländern, die ihren Affenbrotbaum mehr lieben als das liebe Geld. Schon der Gedanke erzeugt Furcht in mir, ich könnte die Himbeermarmelade doppelt so dick auf meine Weißbrotscheibe schmieren. Es könnte mir gefallen, den Fernseher einzuschalten und die Aufnahmen eines Indianerstammes beobachten, wie sie mit ihren Kindern umgehen. Ich sehe braun gebrannte Kinder, die ihre Grenzen selbst spüren und die Gefahren erkennen, ohne aufzuschrecken, wenn eine hysterische Mutter herumschreit. Hier kann man von einer geordneten und harmonischen Sippe sprechen. Geschwister zeigen sich gegenseitig das Gelernte. Die Alten geben ihre Erfahrungen an Jüngere weiter und die Uralten die Sicherheit, die ihrer Sippe das Überleben garantiert. Die Aufgaben sind verteilt. Kein Anstehen vor Supermärkten, die mit listigen Preisen einem das Warten schmackhaft machen. Kein stressiger Achtstundentag, der ohnehin nicht ausreicht, das Dach über dem Kopf zu bezahlen. Sie kennen nicht das gehetzte Laufen auf überfüllten Straßen, wo seit Jahrzehnten die Bäume nach Hilfe rufen. Sie werden Kindergärten nicht kennenlernen, wo das Kind auf sich allein gestellt ist. Hier ist die Spielzeit begrenzt, Fantasie nicht erwünscht. Hohe Zäune schützen das Haus, und das Kind ist eingesperrt. Es weiß nicht, was ein Schaf frisst, wie ein Schwein im Stall Ferkel bekommt, wie die Gänse die Wiese erobern. Diese Freiheiten sind begrenzt und führen mich zu einem anderen Blatt. Ich muss ein neues Bild erstellen, damit sich die Formen der Angst verwandeln. Meine Überlegungen bedürfen einer neuen Ansicht. Ich kann die Fotografie verändern und sagen, sie sind Anfang 45 entstanden. Aber was geschieht dann? – Ich könnte die Behauptung fallen lassen, wenn die Vergangenheit nichts mit mir zutun hat. Es würde genügen meinen Lebensstil neu zu formatieren, damit die Basis für eine Neugeburt geschaffen wird. Ich könnte den Versuch machen, die Geburt rückläufig zu denken und mir ab heute eine neue Haut zulegen. Ich gebe mir einen neuen Namen und verändere mein Alter. Ich werde mein Denken in andere Schablonen pflanzen und warten, bis das Getreide meines Glücks gedeiht. Die Strenge, die meinen Alltag begleitet hat, werde ich dann ab morgen nachlesen.

Der Lesedrang in mir drängt meine ausgewogene Begierde aus dem finsteren Tal nach oben und verformt sich zu einem Paradiesvogel. Wird er fliegen können? Der Wunsch ist vorhanden. Schreibe es nieder und höre die Trommel auf dem Flur spielen! Sie erhöht den Protest. Erzeuge beharrlichen Widerstand und das Ende wird sein, dass ich strammstehen muss. Berührungen werden vergessen und dienen nicht der Wohltat der heutigen Zeit. Aber es kann anders kommen. Eine Pforte schließt sich, ich höre es in der Ferne. Ich brauche die Wippe der Zeit nicht mehr in Bewegung zu setzen. Die Angst zensiert das Chaos. Furchterregend fallen meine nicht gelernten Strophen der Angst von der Bühne herunter. Der Dirigent nimmt den Taktstock in die falsche Hand und übt die Arie der Lügen ein. Helle grelle Stimmen bauschen sich am Rand meiner Vorstellungskraft auf. Aber so ist das Leben. Ein Leben des Abwartens. Amüsiert wandle ich auf den Schienensträngen entlang, um den Regen zu begreifen, der über den Kontinenten sein Reich gut kennt. – Ich schlage mein Buch auf. Die gelbe Drossel markiert ihr Revier und ist bemüht, die heranwachsende Rosenhecke als ihre Heimat zu betrachten. Wo ist deine Heimat? Unsere Heimat, die sich vermengt mit klugen Bauern und erhabenen Knechten, die aus Angst ihre Höfe verließen. Die Sprachen verlieren ihre Bedeutung. Der Abtrieb nimmt die Stimme wahr und führt den Strom der Vertriebenen fort. Man muss das Land verlassen. Der Krieg führt die Macht und das Kind schreit vor Angst. Wo soll das hinführen, mein alter Maler? Wohin? Dein Jahrgang ist erreicht und du kannst dich zurücklehnen, den Pinsel schwingen, die Farben anmischen und einen nassen Furz lassen, der dich dabei unterstützt, das zu machen, was du für richtig hältst. Die Leitplanken geben dir die Richtung vor. Deine Garantie steht auf dem Blatt Papier. Mehr nicht. Darauf hast du dich all die Jahre verlassen können, ohne den Bruch zu beachten. Aber deine Meinung steht fest. Das ist der einfachste Weg. Das tut einem gut, dass die Verlässlichkeit nun am Zuge ist. Die Spielregeln sind vor Jahren fest geschrieben worden und haben Bestand. Sie nähren dein Ego und deinen wohlverdienten Schlaf. Kein Zufall ist dem Gesetz untergeben, und daher sollte es so sein, dass die Begegnung mit dir unsere Gedanken zum Guten wenden. Den Preis zu benennen, wäre wahrlich sehr zeitig. Es möge genügen die Beete sauber zu halten, oder sind die Friedhöfe ohne die Blumen unansehnlicher geblieben? Beschaulich sind die Stafetten und Stelen, mit ihren vergessenen Namen anzusehen. Ich könnte in jeden Schriftzug hineingehen, um zu erfahren, worin der eigentliche Unterschied zwischen dem alten Maler und mir besteht. Ich bin eine Nation und der „Denker" mit seinen Farben ist ein Jude, von dem man weiß, er wäre eigentlich nie geboren worden. Wozu also den Schlaf beimischen, der die kühnsten Träume zu Panzern macht. Jeder Schuss über den Gräbern würde nicht ins Ziel kommen. Die Politik ist mit dem Märchen in gebrechlicher Art und Weise zu sanft verfahren, um die Realität zu spüren. Ja, Gewissheit mag die Toleranz nicht mehr, weil sie dem Verfahren der Ehrlichkeit widerspricht. – Und so sehen die gefüllten Friedhöfe aus, die die Weltkriege gern vermieden hätten. Die Gräber wurden reserviert, und es war nicht üblich zu unterscheiden, ob Jude oder Soldat. Jede trug sein Päckchen und floh, wohin er konnte. Die Weltmeere haben ihr Paradies versteckt. Schiffsreisen waren in Kriege verwickelt. Die Knotenzahl erhöhte sich, um dem Ziel schnell näher zu kommen: Portugal, Spanien, Amerika oder Peru. Länder, die den höchsten Sonnenstand für sie bereithielten. Fremdes Land, heiles Land. Die Begriffe werden ohnehin nicht verstanden. Wozu also die Auseinandersetzungen? Das Gestrüpp der Lügen wächst dicht zusammen und hat so keinen Wiedererkennungswert mehr.

In was für einer Zeit lebst du jetzt, alter Maler? Hast du die Krone verdient, die dich ermächtigt, den Sieger zu spielen? Ich stehe neben dir. Erneut ist mein Wissen über Bord gegangen und wollte der Habgier die freie Zugfahrt gewähren. Aber nein, Gnade wird aufgerufen. Treue, die ich nicht verstehe. Sie prallen aufeinander, wie zwei Kometen. Dabei ist die unsagbare Freundlichkeit in jedem verwachsen und geht dem verlorenen Impuls hinterher, aus dem ein Lachen hervorschauen könnte. Du hast gesagt, ich soll mir Mühe geben dir in die Augen zu schauen. Ich soll etwas mehr Bereitschaft zeigen, um den Konflikt Vergangenheit und Zukunft zu verstehen. Ist dir das wichtig? Nur das? Woher willst du es wissen, dass das Verstehen mit dem Augenlicht zu tun hat? Ich kann dir tief in die Augen schauen und die Abgründe deiner Unzuverlässigkeit übersehen, die die eigentliche Ursache der Missverständnisse sein könnte. Sie auszuräumen ist schwierig. Das bedeutet aber nicht, dass in mir das Böse wohnt und dass das Verstehen mit Unrecht vermischt wird. Oh nein! Ich denke, dass der Verstand in seiner Rationalität gut auf jenen Wolken schwimmt, die keine Erklärung brauchen.

Es gibt in mir einen Teil, der wie Sensoren funktioniert. Er nimmt die Schwingungen auf und hilft sich selbst, wenn die Talsohle erreicht ist. Und dann müsste das Problem gelöst sein, denkt man. Aber Gott sei Dank verdient meine Scham die Gerechtigkeit aus der einst die wundervollen Sorgen getränkt wurden. Ich wüsste nicht, dass die Sorgen vor den Stadttoren haltmachen und die „Alten Denker" nach ihrer Nationalität fragen.

Ich erahne den Pakt der Verschwundenen, die sich in der Dunkelheit aufhalten, um nicht aufzufallen. Ich sehe dich darin sehr deutlich. Wozu einen Vertrauensvorschuss vorgaukeln, wenn die Hoffnung nicht aufkeimt? Ich denke, dass die „Jüdischen Denker" ihre Hoffnung nicht nur im Fleisch verspürt haben, sondern dass diese Hoffnung einer Idee entsprach, die besagte: Schau nach, was hinter dem Tag steht. Du sagst, es geht nicht, nur weil dein Denken abstrakt ist. Ich kann es akzeptieren, und es möge mir gelingen, dass meine Hoffnung in der Seele aufkeimt, um zu überleben. Der Drang der Neugierde, der mir den Beweis erbringt, dass ich auch den morgigen Tag erleben werde, soll sich neben mich legen. Würde ich das nicht zulassen, wäre die Möglichkeit sehr gering, dich morgen wiederzusehen. Denn ich will erfahren, was der „Jude" mit mir zu tun hat. Ich mag die nationale Frage nicht mehr hören, da die Gemeinheit in der Arroganz der kranken „Denker" verborgen liegt. Sie hatten stets die Möglichkeit, darüber zu feilschen, was die eigentliche Schuld wiegt. Die schwere Last erdrückt den „Jüdischen Denker" zusehends, und um das wahrhaftig zu glauben, müsste die Weltgeschichte neu geschrieben werden.

Glaubst du wirklich, dass eine Umkehr möglich ist? Ist das Gegenteilige eine Abweisung des Glaubens? Pass gut auf! Die Grausamkeit ist nicht immer zu sehen oder gar zu spüren. Aber schon aus diesem Grund sind die „Alten Denker" nicht alle „Gute Denker". Die stets immer verschlossene Schachtel begrüßt selten die Offenheit. Das gelebte Prisma in uns verschenkt oft die pure Eitelkeit, die wir im Spiegel zu sehen glauben. Aber das ist nicht so. Ich düse von Ort zu Ort und suche die Antworten, warum die Juden an der Zerstörung der heilen Welt schuld sein sollen? In vielen Geschichtsbüchern ist undeutlich formuliert, dass sie der Gemeinschaft der Völker zugehörig sind. Es wurde ihnen unterstellt, sie würden sich für die Rechtschaffenen einsetzen und der Armut dienen. Oh nein! Sie sind die Gelehrten selbst, die uns die Wahrheit kundtun. – Und hier liegt der Hase begraben. Sie hätten angeblich nicht das Recht, die Wahrheit zu verkünden. Das wurde laut ausgerufen. Man hat den „Jüdischen Denkern" verboten zu atmen, und gleichzeitig sollten sie sich in einem Konzentrationslager einfinden, um in aller Freundschaft mit anderen Querdenkern das Glas Sekt zu heben. Der braune Kern, der in seiner puren Vergiftung die Gläser mit Zyankali füllte, wusste genau, wann das Paradies kommt. Und dass es kam, wurde lange Zeit verheimlicht.

Du verkörperst einen alten Aquarellmaler, der sich zurückzieht und bis heute nicht die Welt versteht. Deine Entscheidung ist gefallen, der Rest deiner Gedanken verweilt im Kampf mit dir selbst.

Ich sehe zum zweiten Mal ein Bild von einer traurigen Frau, die ihre Hände auf ein Geländer legt – ein Treppengeländer von einer Baracke. Ich fühle den Schmerz dieser Frau. Ihre Augen rühmen nicht die Zeit, in der sie sich befindet. Mein erster Blick in deinem Atelier war nur diesem Bild gewidmet. Alles andere erschien mir unwichtig. Meine Erinnerungen lassen den gestrigen Tag nicht vergessen. – Es quälte mich über Nacht. Ich konnte es nicht verhindern, nochmals zu dir zu kommen, um meine Augen zu befriedigen. Ich will mehr wissen über diese Frau, die unsicher auf dem Treppenpodest steht und darauf wartet, mitgenommen zu werden. Sie wollte nicht in die Baracke zurückgehen. Sie wollte nach Hause gehen, zu ihrer Familie. Dort wo das Kind auf die Mutter wartet. Zu ihrem Mann, der sie liebt und ihr Zuneigung gibt, als wäre sie eine Göttin.

Schau mich nicht so überrascht an! Denkst du, ich ahne nicht, dass das deine Frau sein könnte. Ich sehe in ihren winzigen zarten Händen einen bunten Kinderschal und fühle ihre Verlassenheit. Es soll doch mit dem Teufel zugehen, wenn die braune Brut ihr nicht das geliebte Kind noch vor der Aufnahme entrissen hat. Diesen Moment der Trennung ist grausamer Schmerz. Der Unruhe und das nicht Verstehen, warum es so kommen musste. Du kannst nicht darüber hinweg schauen. Jeder Pinselstrich verleiht dir die Kraft des Verstehens. Nur dass deine innere Kraft im Augenblick des Erkennens nachlässt. Kraftlos verschenkst du den einsamen Tag und wünschst dir, dass dein Kind am Stuhlrand wieder erscheint. Du verdrängst das Kind, indem du es auslöschen möchtest, als ob es nie am Leben war. Aber bedenke, dein Kind wurde geboren und lebt in deinem Herzen. Es würde wollen, dass du dich daran erinnerst, dass eine Kinderseele an jenem Ort mit euch leben durfte, der es heilig gemacht hat. Schon diesen Gedanken auszusprechen, kann den schmutzigen Raub deines Kindes nicht infrage stellen. Bedenke, dass dein Karussell sich weiter dreht und die Geschehnisse einen Sinn haben. Dein Veto über das „Warum" kann ich nachvollziehen, denn die Entscheidung damals vor dem Abschlachten der Juden war bereits gefallen und keiner hat euch gefragt, ob ihr den Tod möchtet. Wer würde den Tod schon wollen? Wer würde den Ofen mit Holz und Kohle füttern, um „Alte Denker" zu verbrennen? Es waren kranke Denker die es wagten den Stahl zu schmieden, der euch das Urteil zu kommen ließ, ohne eure Verteidigung zuzulassen. Ich kann es nachempfinden. Weinen könnte ich, und wenn es in meiner Macht stünde, würde ich die braune Zeit zurückdrehen und den Tod mit weinroter Farbe bemalen. Aber die Realität sieht anders aus. Sie lebt unter uns und sucht die Geschenke aus, die wir nicht gebrauchen können. – Und du verdünnst die Farbe rot nicht mehr. Schon lange nicht mehr. Du siehst jeden Tag das Bild deiner Frau, die zuvor das geliebte Kind verlor. Vielleicht hat sie noch gesehen, wie ihr Kind in eine der vielen Holzbaracken geschoben wurde und dabei bitterlich schrie? Kannst du den Schrei noch hören? Dein Traum zersägt den schrillen Ton der Angst. Aber dein Kind lebt in deinem Herzen weiter, und ich glaube, dass deine Frau wollte, dass du viele Aquarellbilder malst, damit dieser Krieg nie vergessen wird. Überlege doch! Wenn du heute nicht mehr leben wärst, wäre ich nicht bei dir und könnte dir nicht beim Malen zusehen. Ich könnte behaupten, dass ich wusste, dass du hier gelebt, Aquarellbilder gemalt und deinen Frust hinter diesen Mauern versteckt hast. Stattdessen habe ich mein Fahrrad aus dem Keller geholt und bin zu dir gefahren. Ich wusste, dass hier eine jüdische Seele auf mich wartet, die es verdient entdeckt zu werden, um der Fantasie freien Raum zu geben.

Dein Unverständnis bereichert mich, sodass ich den verlorenen Sinn wieder aufheben möchte. Ich muss es tun, denn der innere Drang mag die Vergangenheit nicht. Meine Vergangenheit verliert sich in der Verwesung, die nur meine Gedanken festhält. Das berühmte Bild mit der Toraufschrift „Arbeit macht frei" verschenkt nicht nur die Hingabe des Aufstehens, sondern stellt ein verstecktes Warnsignal dar, dem ich nachgehen möchte. Mag diese Entdeckung mir verzeihen, das Unwillkommene anzunehmen und das Willkommene abzulehnen. Ich sende meine Gedanken in eine Welt, die ich nie zuvor gesehen habe und sehen durfte, die wie eine verschachtelte Botschaft auf einer Landkarte zu sehen ist. Auf dieser Landkarte sehe ich dich mit deinen überholten Weisheiten, die du für dich behältst. Leider magst du das Tageslicht nicht wahrnehmen. Deine Trauer verschenkt den braunen Sand vor deiner Haustür sehr vorsichtig, sodass die Wurzel nicht Fuß fassen kann. Es mögen sich viele Ruhephasen bilden, die einer Insel im Chaos gleichen. Denn hier sind Eckdaten einer Unterwürfigkeit zu finden, die dich in den Abendstunden massakrieren. Die Nachtruhe möchte vom Mond nicht mehr geblendet werden, da die Unsicherheit bereits wie eine Unterschrift auf dich einwirkt.

Es gibt in mir Momente da würde ich alle Unruhen auf der Erde in einen Kartoffelsack stecken und durch eine Mangel drehen. Was wird wohl zum Schluss dort herauskommen? Nichts meinst du? Du „Alter Denker" der Juden meinst, dass die ewigen Unruhen auf der Erde zu nichts führen? Ich glaube, du könntest recht behalten. Die Ruinen, die wir heute noch in der Stadt sehen, warnen nicht davor, woanders keine Unruhen anzuzetteln. Meinungsverschiedenheiten gibt es überall. Aber wozu dient die Gewalt überhaupt? Um Forderungen durchzusetzen oder Machtpositionen zu festigen? Waffen führen zu sinnloser Zerstörung und kosten so viel Geld. Glaube mir, als ich noch ein kleiner Junge war, grübelte ich immer darüber nach, warum sich zwei Denker auf offener Straße prügeln müssen. Der Sieger war ohnehin der Dritte, denn er konnte sich die verlorenen Brieftaschen in Ruhe aufheben und das Geld entnehmen. Der Arzt musste die Wunden heilen, und am nächsten Tag ging die Prügelei erneut los. Was für ein Wahnsinn? – Und so ist das mit dir auch. Du malst ein Bild und denkst, du dienst der Heiligkeit, die du bei der Taufe erhalten hast. Oh nein, verzeih mir, wenn ich dir erneute widerspreche. Die Taufe gibt dir nicht das Recht, den großen Wohltäter zu spielen. Du denkst, dass die Materie ein Diamant sei und dass man sich die Dinge ohne Gefühl erwerben könnte? Aber was macht dein Gefühl aus dir, wenn es nicht reift, wenn du nicht darüber nachdenkst, warum die Geschichte für dich so geschrieben wurde und nicht anders? Warum wurdest du 1926 geboren und warum hast du dir zu deiner Geburt die Stadt Stettin ausgesucht, eine Stadt der Juden? Die Jahreszeit deiner Ankunft prägt den Schatten im Herbst. Das Erntedankfest war angebrochen. Die Rüben warteten auf den ersten Schnee und der Rosenkohl auf den Frost. Dazwischen kamst du und hast in der Wohnküche nach dem Abendmahl, die letzte Kohle verbrannte gerade, dein Geschrei kundgetan. Die Nabelschnur hätte nie abgeschnitten werden sollen. Was redest du da? Das Gesetz des Lebens hat keine Ausnahme geduldet. Ohne Wenn und Aber. Was kannst du mehr verlangen? Auch wenn du den Kopf schüttelst, die festen Ströme des Lebens sind in der Hierarchie der Weltordnung festgelegt.

In den sechziger Jahren wurde die Mauer gebaut, der „Kalte Krieg" herrschte und ich atmete die eisige Luft der

Demokratie ohne eine Wahl zu haben, auf welcher Seite der Mauer ich leben will. Und wenn du denkst, dass es in dieser Zeit keine Strafgefangenenlager gegeben hätte, so muss ich dich enttäuschen. E gab sie. In Hülle und Fülle. Getarnt mit hellem Putz. Man bekam den Eindruck, es wären nur Wohnhäuser und Hotels. Die „Spanischen Gardinen" wurden weggelassen, man bevorzugte gehärteten Stahl. Dünne Stangen wurden zu einem Gitter verschweißt, die nur wenig Licht durchließen. Ein gekachelter Himmelsschrein prägte den Viadukt nach Außen. Die vielen Zellen waren immer kühl, selbst im Sommer. Die Zeit war karg und kalt. Biegsames Reichsgeld ging über den Ladentisch weg. Das billige Getue von leerer Musik brachte uns nur ein leeres Dasein. Ich, der die Dunkelheit liebte, erwartete in Furcht die endlose Gehorsamkeit. Gute Manieren waren nicht erwünscht. Auch kein Protest, und die rote Fahne blieb dort, wo die Russen sie im Morgentau mit lautem Salut hochzogen. Der Fahnenappell zählte mit dem Zeigefinger die junge Brut, die im strammen Anzug salutierte. Kinderaugen erschreckten sich. Zuckersüß war dagegen das Rondell, auf dem ein Plastikpferd stand. Der Sattel war noch ausgekühlt. „Genossen", riefen sie einem nach. Der „Rote Sumpf" an der Spree begnadigte den geflohenen Führer, dem man längst verziehen hatte, weil seine Leiche nie auferstanden war. Gott hatte ihn mit seinen Vergehen zu sich genommen, mit seinem habgierigen Durst nach Leichenduft. Denn das war es, was er liebte, wenn die Ruinen verkohlt im Abgrund lagen. Sein kurzer Schnauzer über der Oberlippe verdeckte nur seine Angst. Er schnalzte mit der rauen Zunge über den bayerischen Schimmelkäse und vergaß dabei das Jodeln. Dabei liebte er den „Hitlergruß" und schippte tagelang mit seinen dünnen Fingern sein Blutgerinnsel vor sich her. Er mochte es, vor dem Rednerpult zu stehen, denn hier wusste er seine Träume zu erwähnen, die in seiner Kindheit nicht geduldet wurden. Die eisige Hand des Vaters zog den spröden Jungen auf und machte ihn zu einem Büffel, der Undank und Abscheu als Spielzeug an sich nahm. Aber er wusste genau, was er tat. Ihm blieb nicht viel Zeit, die Jugend war kurz und der harte Stahl sollte geschmiedet werden. Er wollte nicht der Amboss sein er wollte der Hammer sein und zuschlagen, bevor ihm die Umkehr zu sehr im Nacken saß.

Mir sind die Gedanken ausgegangen. Vielleicht geht die Geschichte weiter, ich weiß es nicht – noch nicht.

Gebe

Gebe denen, die über Armut klagen
und mit Last am Pranger stehen,
gebe ihnen die Gelassenheit,
das zu empfinden,
was sie nicht sehen wollen.

Gebe der Verlassenheit die Vermutung
einverstanden zu sein,
allein zu formulieren,
was auszusprechen nötig macht,
was schmerzt,
was rügt,
was anders ist.
Ungeahnt ist das Gefühl das Nähe prüft,
das sich der dünnen Haut anschmiegt,
mit der Kost des Streichelns,
das vor dem Hintergrund gelassen parodiert.

Gebe den Ruhm keinem weiter,
es macht die Gesellschaft nicht mehr heiter.
Verlassen und unbeschreiblich selten
ist die Angst, die in der Fremde lebt,
ungehorsam,
trotzig, und die lieblich
angenommen Nachsicht fühlt.
Schwerfällig und mit Leid belastet,
Gott verloren,
gedacht,
erhärtet,
um im Gebet anzukommen,
das eine dünne Schmach entzückt.

Entgleitet ein Satz der Liebe,
ermahnt, um ihn zu verdeutlichen,
dass der Glaube sich verschönt,
mit der Entschlossenheit sich verwöhnt,
weit geöffnet die Arme,
dem Gedanken nahe,
aus dem Schock besungen,
verblüht,
halb genossen,
ungebeugt mit Wut,
brisant entschleunigt und zum Ende entschuldigt,
um dem bitteren Ende der Geschicht zu entrinnen.

Gebe den Reichtum den Bauern,
die nicht ahnen,
was Geborgenheit heißt,
was Schutz bedeutet,
was geheimnisvoll enträtselt werden darf.

Verzicht ist nun präsent,
entfernt sind, die die Mitte wählen,
die sie brauchen, um zu begreifen,
was die Idee von einem will.
Opfert dem, der wahrlich forscht,
dem es einfiel,
sich mit der Wahrheit anzufreunden,
sich ihr anzuschmiegen,
mit ihr zu protzen vor dem Spiegelbild,
was dem Unsinn nahe kommt,
die Spinnerei mehr zu lieben.

Gebe, um zu wagen,
um mit der Ehrlichkeit den Weg zu bestreiten,
mit der Seele zu heucheln,
mit der Seele gedacht

und von der Gier geträumt,
der Vernunft getrotzt,
vom Stress sich erholt,
dem Schicksal längst erzählt.

Widerspiegelt,
abgeriegelt,
erträglich alles gemacht,
fromm am Spiegel die Lider geschmückt.
Nachgedacht über das Bild,
zeitlos nachgeäfft,
endlos geweint,
der Angst sein Gesicht gezeigt,
mit der Wut den Pakt gebrochen.

Gebe!
Einfach das Geben,
was nicht lebt,
was nichts beschreibt,
was dem Leben entspricht,
was dem Leben nahe bleibt.

Eine junge Frau

Nun könnte ich sagen, dass ein Leben auf die Jahre verteilt wird und die Sekunden auf die Minuten beschränkt sind. Aber nein, dem ist nicht so. Das Leben ist für mich ein Begriff, dem ich nie eine Erwartung zuordnen durfte. Ich konnte nicht erwarten, dass mich eine Zeit entdeckt und daran erinnert, dass ein Lichtprisma die vielen Zeichnungen meiner Überlegungen darstellt. Ich wünschte mir, dass ich die Momente des Lebens einfangen könnte, um zu bestätigen, dass der Rhythmus der Natur immer schon festgelegt war. Von wem? Ich will es nicht wissen. Wozu? Die Erdkugel wird sich weiterhin drehen und den Himmelsrichtungen ihre Namen geben. Deshalb ist es auch unwichtig, dass ich in diesem Augenblick meine Anwesenheit offenkundig mache.

Wäre es nicht schlimm genug einige Zeilen niederzuschreiben, die den Charakter meiner Selbstherrlichkeit preisgeben? Ich könnte doch schreiben, es wäre mir alles egal, dann könnten die „Alten Denker" das Lokal verlassen. Einfach so, ohne meine Gedanken in sexuelle Nuancen abschweifen zu lassen. Das war der Fall, als eine junge entzückende Frau in einem Buchladen stand und mit sich eins war. Durch ihr helles Sommerkleid sah ich die Umrisse eines wohlgeformten Busens. Außerdem sah ich die zarten Rundungen ihrer Hüften und den Tanger, der in der Poritze lag. Aber leider wird die Enttäuschung bei vielen Lesern bestimmt sehr groß sein, wenn ich schreibe, dass mich das alles nicht interessiert hat. Es war mir auch wurscht, ob ich diese Weiblichkeit in Gedanken vernaschen konnte oder nicht, nur um der Wartezeit zu entkommen. Natürlich beeindruckte mich ihr Aussehen. Ich mochte die wohlgeformten Lippen dieser Frau, die sich mit Elan und tiefster Wonne einem Buch widmete. Und es war kein normales Buch in ihren Händen. Sie saugte förmlich die Zeilen des Buches in sich auf – in einer so stressfreien Haltung, dass ihre Stirnfalten zum Vorschein kamen. Ich war hoch erfreut, Stirnfalten bei einer Frau zu sehen. Aber nichtsdestotrotz konnte ich meine Beobachtungen nicht einfach unterbrechen, dazu fehlte mir ehrlich gesagt der Mut.

Ich verdrängte meine Angst, wollte herausfinden was sie derart interessierte, dass sie ihre Umwelt vergaß. Es war mir egal, welche Überlegungen gerade die wichtigsten waren, würde ich die Prioritäten anders setzen und nicht die sexuellen Erfordernisse heraufbeschwören, um zu wissen, was für ein Buch sie las. Ich musste nur Geduld haben und abwarten, bis sie das Buch aus der Hand legen würde. Dabei überlegte ich wahrhaftig, wie sie reagieren würde, wenn ich sie einfach küssen würde. Bevor aber dieser Gedanke weiter in mir heranreifte, wollte ich mich schnell aus dem Staub machen, um mich mit dieser Frage nicht mehr auseinandersetzen zu müssen. Wichtig war für mich nur, dass diese junge Frau immer noch ihre Nase im Buch hatte und nicht den Anschein machte, in kürzester Zeit mit dem Lesen aufzuhören.

Also was sollte ich machen? Sie stehen lassen, die Situation akzeptieren und nach Hause gehen? Das Letzte war keine Prämisse, und ich würde auch es nicht zulassen solche Momente einfach zu ignorieren. Ich trat einen Schritt zurück und stellte fest, dass die Bücherregale links von der jungen Frau in Kochen, Belleristik, Kriminalliteratur und Religion unterteilt waren. Auf der rechten Seite, und das möchte ich hier betonen, war nur Religion und Spiritualität zu sehen.

Der Hammer war gefallen. Sie war die Frau, die sich für das richtige Thema interessierte. Sie stöberte in jeder Seite, und ich mochte es, wie sie die Buchseiten von rechts nach links schlug. Mit welcher Eleganz. Mit welcher Ruhe. Sie machte den Eindruck als wäre sie eine glühende Verfechterin des Lesens, die in der Lage ist den Moment der Ruhe ausgiebig auszuloten.

„Darf ich Sie was fragen, werte Dame?"

Sie schaute mich nicht sofort an. Oh nein! Sie ließ mich einige Sekunden warten. Es war ein trauriger Blick, den ich bekam.

„Es tut mir leid, Sie belästigt zu haben. Ich wollte nur wissen, was für ein Buch Sie in der Hand halten?"

„Ach wissen Sie, mein Herr", meinte sie fast gelangweilt zu mir. „Es ist nicht wichtig, was man heute liest und wie man es liest? Wichtig ist doch nur, dass man liest. Finden Sie nicht?"

Das war eine überaus langweilige Antwort, wie ich fand. Ich sah ihr eine Zeit lang beim Lesen zu.

„Eine gute Beobachtungsgabe haben Sie. Es ist tatsächlich so, dass gerade dieses Buch meine ganze Aufmerksamkeit hat. Am Anfang schien es mir ein sehr unscheinbares Buch zu sein. Ich wäre fast daran vorbei gegangen, wenn mir nicht meine Eingebung gesagt hätte: Nimm das Buch in die Hand und lese es."

„Das klingt ja wie ein Märchen, so wie Sie darüber sprechen, wie Sie das Buch entdeckt haben. Dieses Buch war sicher für Sie bestimmt, nur für Sie."

„Oh, da steht ein kleiner Philosoph vor mir und möchte mich für das Buch begeistern."

„Nein, ich bin kein Philosoph, und ich wage es zu bezweifeln, ob ich einer sein möchte. Ich sehe nur eine interessante Frau in einem Buchladen, die sich im Bereich der Religion so intensiv einem Buch widmet als wäre ihre Umwelt nicht mehr vorhanden."

„Das könnte fast hinkommen. Ich habe nämlich gerade einen Satz gelesen, der in mir eine Empfindung ausgelöst hat. Darauf wollte ich eine Antwort."

„Um welchen Satz handelt es sich denn?"

„Gibt es auf dieser Welt tatsächlich die reine Liebe?"

„Oh wie schön, eine solche Frage zu hören. Ich meine, dass man diese Frage sehr ernst nehmen sollte."

„Und das sagt ein Mann? Ist denn Liebe für euch Männern nicht nur das Eine, Sie wissen schon!?"

„Aber nein, nicht alle Männer denken immer nur an Sex und Befriedigung. Ich kann Sie hübsch finden, einfach so, und das Bedürfnis haben mit Ihnen ein angeregtes Gespräch zu führen."

„Eine gute Reaktion als Mann. Man möchte ausweichen und sich zurückziehen, das kenne ich. Wie empfinden sie Liebe?"

„Die Frage kann man so nicht stellen. Die Liebe nur einem Geschlecht zuzuordnen ist der falsche Ansatz. Für mich ist die Liebe mehr als nur Sex. Natürlich geht man im Normalfall davon aus, dass zwei Menschen, die miteinander schlafen, sich lieben. Für mich ist die Liebe aber etwas ganz anderes."

„Ich bin gespannt", entgegnete die Frau. „Denn es gefällt mir, hier mit Ihnen im Buchladen zu stehen und über Liebe zu reden."

„Sie bringen da was durcheinander. Die Empfindung einer Liebe ist für mich nicht das Gleiche, wie die Liebe in mir zu spüren. Es kann sein, dass ein weibliches Wesen im Bett Liebe empfindet und dass der Rausch der Erotik einem machtlos erscheint. Aber ist das Liebe? Was ist für Sie Liebe?"

„Oh, ich ahnte schon, dass die Frage wieder zurückkommt. Das wäre typisch Mann, wenn man als Frau brisante Fragen nicht ausreichend und ehrlich beantwortet bekommt."

„Okay! Für mich ist Liebe eine Art von tiefer Dankbarkeit. Und diese Dankbarkeit, die ich auf dieser Reise erfahre, führt mich in einen Garten, wo ich die Liebe in mir empfinde und die mir das Gefühl des Vertrauens schenkt. Ein Gefühl der Sicherheit, das mir sagt: Ich darf hier bleiben. Ich darf etwas sehen, was ich nicht mit Worten beschreiben kann. Es ist nicht das Gefühl der Nähe oder von einer weichen und zarten Haut, auch nicht von einem erotischen Mund, der sich nach dem Kuss sehnt. Oh nein! Liebe ist für mich wie eine Postkarte, von der ich mir erhoffe, dass sie mein Ich findet. Liebe ist nicht mit Gott und Himmel gleichzusetzen. Liebe ist ein Bruchteil meiner endlosen Erfahrungen, von denen ich weiß, dass sie mit meinem Leben zu tun haben. Liebe ist ein Fundament. Ein festes Fundament, das ich auch erst verstehen musste. Ich begreife die Dimensionen nicht, die eine Liebe in mir auslösen. Ich kann die Liebe nicht mal beschreiben. Sie lebt in mir und reichert meine Fantasie an, aus der ich meine Ideen entwickel. Ich würde mir nicht anmaßen zu wissen, was die Liebe ist. Nur im Gefühl kann ich meinen Gedanken, wie die Liebe sich an die Seele schmiegt, freien Lauf lassen."

„Wie Sie die Liebe betrachten und welche Ausmaße Ihre Fantasie dabei hat, das bringt mich aus der Fassung. Indes stehe ich hier vor dem Regal und schaue mir ein Buch an, von dem ich nicht mal den Titel kenne. Der Fußboden schwangt unter meinen Füßen, weil ich jetzt erfahre, welche Sehnsucht es in mir hervorruft. Es schreit nach einer Freiheit, von der ich nie wusste, dass es sie gibt."

„Es sind die kleinen Wunder unseres Alltags, deren Nähe ich spüre. Eine Nähe, die ich mit Worten nicht beschreiben kann. Warum sollte ich sie auch beschreiben? Warum sollte ich das Rad neu erfinden? Ich weiß nur, dass es die Liebe ist, die mich nach vorn treibt. Mehr noch. Ich denke, dass die innere Neugierde die Liebe in mir entfacht. Sie prägt den aufrechten Gang. Sie richtet nicht und wagt das Spiel der Öffnung meines Daseins."

„Wahrlich, ich bin erstaunt dies von Ihnen zu hören", sagte die Frau. „Von einem Mann, der sich fragt, warum die Liebe in uns keimt." – „Ich muss an dieser Stelle ein Veto einlegen, werte Frau! Die Liebe wägt nicht ab, wohin sie sich bewegt. Die männlichen und weiblichen Anteile in uns haben die freie Wahl zu entscheiden, wie und mit welcher Stärke die Liebe unsere inneren Verletzungen lindert und ob wir diese Wahl anerkennen. Und diese Wahl hat jeder, glauben Sie mir!"

„Oh, Ihnen ist ein wertvolles Wort von den Lippen gesprungen."

„Ich weiß. Der Glaube und die Liebe sind zwei Dinge im Leben, die im Wechselspiel die Strophen des Lebensliedes widerspiegeln. Der Glaube gibt mir vor, welchen Emotionen ich mich zuwenden muss. Der Glaube ist sozusagen eine Richtschnur, in welcher Höhe ich abspringen muss."

„Sie meinen also, dass in dem Fall der Glaube nichts mit Religion zu tun hat?"

„Genau", entgegnete ich. „Der Glaube ist für mich eine Entscheidung, von der ich meine innere Überzeugung bekomme. Er ist nicht auf das Kreuz auf dem Altar gerichtet, sondern eine Kraft, die im Universum die Ebenen ordnet und die ganz bewusst die Melodien der Wahrheit freimacht."

„Wahrheit, Glaube, Liebe! Welche Dimensionen hat unser Gespräch erreicht? Sie sprechen von Ebenen, die sehr eng miteinander verknüpft sind, die eine Einheit bilden. Wir, die Frauen, haben aber mit dem Begriff Liebe ein engmaschiges Verhältnis geschaffen."

„Mag sein, verehrte Dame. Ich glaube aber, die Fähigkeit die Liebe in sich neutral wahrzunehmen bedeutet nicht, in welcher Zeit man sie erfährt oder mit welcher Intensität man sie wahrnimmt, um dem Sumpf der Ängste zu entkommen. Das wahre Drama in unserer Gesellschaft ist, dass uns die latente Angst verfolgt."

„Die Angst macht uns kaputt? Sie vernichtet das Gute und das Böse wird umarmt?"

„Besser hätten Sie es nicht sagen können. Ich glaube schon, dass die Angst etwas damit zu tun hat, warum die Liebe bei so manchem nicht reifen will ..."

„Es sind die Gegensätze zwischen dem Ich und dem Ego", warf die junge Frau ein.

„Wunderbar!", rief ich aus. „Hier könnte man eine Brücke zwischen unseren Geschlechtern spannen, denn die Angst ist fundamental und hat die Brandung fest im Griff. Ebenso der Glauben, von dem ich meine Zugeständnisse erhalte und der meinen Tag mit einer Brise Dankbarkeit beschenkt. Und wenn ich diese Dankbarkeit erhalte, ist die kostbare Zeit in keinem messbaren Zustand wahrzunehmen. Ich begehre diesen Moment, der aber einer Versuchung gleichkäme."

„Der Versuchung, sich der Liebe zu widmen?"

„Fantastisch. So kann man es auch bezeichnen. Die Liebe kann meine Wahrnehmungen verführen, weil ich von ihnen nicht überzeugt bin. Und sie wird das Geschehen ohne Bewertung hinfällig machen. Die Versuchung erweckt in mir ein Gefühl mich im tatsächlichen Zustand so zu respektieren, wie ich bin. Und das ist die Gefahr, in der ich mich befinde – es nicht zuzulassen, dass mein Gefühl sich einer Quelle bedient von der ich nicht weiß, ob sie zu mir gehört. Wie oft wollte ich mich selbst nicht wahrhaben. Mein Spiegelbild verweilte in langweiligen Ideen, die ich nicht orten konnte. Diese Ideen wollten den Krieg, den Widerspruch, sich nicht selbst wahrnehmen."

„Jetzt sollten Sie aufhören! Ich mag nicht mehr reden, denn ich will mich nicht damit beschäftigen, was früher alles geschah. Wenn ich ehrlich bin, möchte ich mich nicht damit befassen, was in der Vergangenheit passierte. Es macht mich müde und träge immerzu aus der Kindheit zu plaudern, die eigentlich hätte anders verlaufen sollen. Das mit dem Glauben und der Liebe hat immer einen bitteren Nachgeschmack. Ich habe keinen Bock daran zu rütteln."

„Typisch Frau", sagte ich. „Wenn es interessant wird, möchte man davon nicht mehr reden. Ist es nur die Ablehnung einer Frau, die sich damit nicht mehr beschäftigen möchte, oder das Markenzeichen eines Mannes, der wissen will, woher dieser plötzliche Widerspruch kommt?"

„Was für eine Frage? Ich kann das Gerede nicht mehr hören. Warum sich mit der Vergangenheit auseinandersetzen? Es verursacht nur erneute Schmerzen, die ohnehin nie heilen."

„Sind Sie sich da ganz sicher?"

„Ja, das bin ich. Und ich kann Ihnen auch sagen, warum. Ich möchte endlich alles vergessen. Alles so belassen, wie es war, als mein Vater mich ..."

„Reden Sie doch weiter, das möchte raus! Das möchte ausgesprochen werden. Wohin wollen Sie denn gehen? Ihre Entscheidung können Sie jetzt fällen. Sie können aber auch alles erneut verdrängen und neue Energie aufwenden, um Ihren Schmerz nicht nach oben zu lassen. Erstaunlich ist nur, dass Sie wissen wollen, ob die Liebe rein war."

„Die Frage hat sich erübrigt", entgegnete die junge Frau. „Ich habe genug vom Wissen der ewigen Liebe. Ich glaube, dass es keine reine Liebe gibt. Und es ist mir auch egal, wie Sie darüber denken. Ich muss mein Leben nehmen, wie es ist. Ich habe keine Möglichkeit zu entkommen."

„Da haben Sie allerdings recht. Sie können nicht entkommen, und die Last aus der Vergangenheit wird Sie bis ans Ende Ihrer Tage verfolgen. Das müssen Sie wissen."

„Es gibt viele Möglichkeiten sich davonzustehlen, meinen Sie nicht auch? Ich kann das Buch der Liebe wieder ins Bücherregal stellen und so tun als wäre meine Vergangenheit nicht anwesend. Ich kann es. Ich gehe arbeiten, den ganzen Tag lang. Es macht mir Spaß mit Menschen unterschiedlichen Charakters zusammen zu kommen. Mein Arbeitstag beginnt um 04:30 Uhr und endet nie vor 23:00 Uhr. Da habe ich keine Zeit darüber nachzudenken, was in meiner Kindheit passierte. Ich bin müde und ausgelaugt. Und Sie wollen mir weismachen, dass man damit nicht umgehen kann? Das Leben ist zu kurz, und ich denke, dass ich eine hart arbeitende Frau bin. Ich stehe meine „Frau", und jeder Mensch, der meine Hilfe braucht, bekommt sie auch. Meine Mutter würde stolz auf mich sein, wenn sie sehen würde, was ich schon geschafft habe."

„Ich kenne das, was Sie gerade beschrieben haben. Ist für mich aber total langweilig und öde."

„Wieso ist das für Sie langweilig?"

„Wollen Sie es hören?"

„Ich würde Sie ja nicht fragen, wenn ich es nicht wissen möchte."

„Okay, ich sage es Ihnen. Menschen wie Sie haben eine feste Mauer um sich gebaut. Sie haben einen festen Grundsatz, nach dem sie nie zusammenbrechen dürfen. Wehe dem, dass ein markantes Schicksal Sie eines Tages einholt, dann sind die Fugen offen zwischen Ihrem Leben und der Überforderung. Ihre Wunden würden aufreißen und Ihr Verlangen nach der ewigen Ruhe würde Sie im Schatten stehen lassen. Ich weiß nicht, ob es der richtige Weg ist. Ich kann nur sagen, dass andauerndes Arbeiten nicht die Erlösung ist. Ein Sechzehnstundentag kann nie eine Lösung sein. Das Leben hat viele Seiten. Man muss sie nur sehen wollen. Nicht der Verstand wird Sie auf den richtigen Weg führen, sondern Ihr Bauchgefühl. Das innere Kind in Ihnen kennt die wahre Lösung Ihrer Angst. Das ist Gesetz. Ein Gesetz, das sich mit der Wahrheit auseinandersetzt. Die unterschiedlichen Winde aus dem Tal der Liebe, die an manchen Tagen sehr böig sind, haben eine unterschiedliche Resonanz von Gegebenheiten, die in der Liebe nur selten entdeckt werden. Ich meine, dass ein Geschehen vor langer Zeit nicht mehr die Kraft hat, neu aufzustehen. In der Realität erhofft man sich das anders. Aber wir sind nicht Gott, der unsere Kindheit ungeschehen machen könnte. Wir hatten alle eine Kindheit und haben diese am Tag unserer Geburt begonnen. Der Ort und der Zeitpunkt unserer Geburt sind dabei unwichtig. Dass es geschah, hat allein das Universum zu verantworten. Die Gründe, warum du geboren wurdest und warum du solche Eltern bekamst und keine anderen, bedürfen keiner Antwort. Sie leben in diesem Augenblick und können sich daran erfreuen. Sie können natürlich auch auf ein Hochhaus klettern und herunter springen. Sie haben die Wahl, entweder Ihr Leben zu akzeptieren oder zu springen."

„Das ist also die Wahl, die ich habe? Ist das nicht ein bisschen wenig dafür, dass man lebt?", fragte die Frau.

„Sie haben nur diese Wahl."

„Tolle Aussichten. Dann wähle ich den Weg durch die Mitte."

„Das ist auch eine Wahl, aber eine schlechte. Von der werden Sie sich nie erholen. „Alte Denker" gehen diesen Weg und enden schließlich im Chaos, im Krieg. Sie gehen nie auf und wollen immer die Macht für sich in Anspruch nehmen. Sie wollen nicht aus ihren Fehlern lernen, und daher begreifen sie nicht, welche Facetten das Leben für sie selbst bereithält. Daher ist ihr eigentliches Leben nur ein Leidensweg mit vielen Episoden der Einsamkeit. Das ist ein Pakt mit dem Teufel, den Sie da eingehen, denn Sie habe ja ihre Wahl bereits getroffen, das egozentrische

Denken als ein Instrument der Stärke zu betrachten. Sie glauben tatsächlich, dass durch regelmäßige Sauberkeit und Disziplin sich ein starker Charakter prägt, von dem Sie hoffen, wie ein General zu wirken."

„Ich kenne solche Menschen", sagte die Frau. „Mein Vater war so ein Arschloch. Der wollte alles besser wissen. Der hat mit seiner Rechthaberei unser Leben zur Hölle gemacht. Wenn ich nur daran denke, kommt mir die Galle hoch."

„Wie schön, dass Sie so denken. Ich habe zu danken, liebe junge Frau. Diese Reaktion in allen Ehren, und Respekt Ihnen gegenüber. Aber ich denke, dass sich Ihr Vater sicher ein Gespräch mit Ihnen darüber gewünscht hätte. Je mehr Sie sich in dieser Wut verfangen, umso mehr wächst die Angst in Ihnen und hemmt Ihre Liebe. Sehen Sie es als ein Geschenk an."

„Das ist nicht Ihr ernst? Ich soll das als Geschenk betrachten. Verlangen Sie da nicht etwas zu viel von mir? Sie sollten die Kirche im Dorf lassen!", mahnte sie mich.

„Diese Art der Ablehnung scheint typisch für Sie zu sein. Aber ich muss es akzeptieren. Früher habe ich ebenso gehandelt und war in meiner Wut gefangen. Deshalb kann ich Sie auch bis zu einem gewissen Grad verstehen, denn das wäre eine Alternative sich bewusst zu werden, warum das Leben mit einem so umgegangen ist. Sie können lernen die Schicht von Betrug und Hass abzutragen, um an den Kern Ihrer Einsamkeit zu kommen. Einsamkeit und Angst bilden ein starkes Paar. Damit können Sie Ihrem Gegenüber beweisen, wie stark Sie sind, wie hart Sie den ganzen Tag lang arbeiten, dass Sie fähig sind, Ihre Wohnung dreimal am Tag zu säubern und mehrmals am Tag die Wäsche zu waschen. Sie können jedem Menschen beweisen, mit welcher Kraft Sie den Tag beginnen und wie Sie abends am Computer den Dreißigjährigen Krieg nachspielen. Tausende Bauern können Sie virtuell töten und Ihrer Macht frönen. Aber was entsteht daraus? Für Sie selbst? Für Ihr Gefühl? Für Ihr Weinen? Für Ihre Liebe?"

„Es macht mich traurig, wenn ich Ihnen zuhöre. Es macht mich verrückt darüber nachzudenken, wie Sie meine Welt in diesem Augenblick betrachten. Sie muss für Sie dreckig sein, beladen mit Schuld und Krankheit. Ich wirke für Sie jetzt sicher ablehnend und nicht mehr attraktiv. Sie nehmen Abstand von mir, ich spüre es ..."

„Ihre innere Haltung ist sehr befremdlich und entspricht einer Realität, die Sie befangen macht. Ihr Ego will es so sehen und wird Ihre Ansichten nicht verändern. Für Ihr Ego hält die Welt nur Illusionen bereit, die es nicht loslassen will. Es kann nicht anders handeln und wird Sie deshalb im Stich lassen", werfe ich ein.

„Was kann ich dagegen tun? Habe ich überhaupt eine Möglichkeit mich zu verändern und meine innere Welt anders zu begreifen? Ist es für mich nicht bereits zu spät, um zu erfassen, wer ich wirklich bin?"

„Ihre Ansätze geben mir Hoffnung. Zu erkennen, dass eine Veränderung immer möglich ist, ist der erste Schritt. Veränderungen brauchen keinen Zeitpunkt und kein Motiv. Rettung ist durch Selbsterkenntnis immer möglich. Dadurch erhalten Sie erneut eine Wahl, die Dinge der Vergangenheit neu zu bewerten und Frieden zu finden."

„Das Wort Frieden stimmt mich fröhlich. Über dieses Wort habe ich selten nachgedacht. Es hat fast etwas mit der Liebe zu tun. Ich mag den Frieden in mir, und wenn ich ihn zulasse, verspüre oft ein warmes Gefühl."

„Das ist ein gutes Fundament, das Ihr Leben bereichern wird, das wie ein Diamant aufleuchten wird, wenn Sie den Kristall der Wahrheit berühren."

„Klingt poetisch."

„Egal wie es auf Sie wirkt und wie lieblich diese Worte Sie verführen, jede eingesperrte Seele fühlt den Zugang nach draußen. Jedes Wort, das Sie umschreibt, ist eine Beschreibung von Ihnen selbst. Erkenntnis mag die Neugierde und die Neugierde verwöhnt das innere Kind in Ihnen und verleiht Ihnen eine Fantasie, aus der Träume entstehen. Lassen Sie es zu. Egal wer welches Urteil fällt. Egal ob die „Alten Denker" es für gut oder schlecht befinden. Das Leben geht weiter. Meistens dreht es sich um die Liebe, die in jedem bereits lebt. Und wird es mal dunkel, dann wird man wieder wachgerüttelt, um Licht in die Dunkelheit zu bringen. Das ist Gesetz, aus dem kein Entkommen möglich ist. Die Flucht nach vorn bestimmt nur der ewige Hass, der tief und lange in einem gärt. Zu lange, liebe junge Frau. Sie mögen das Schöne und lesen ein Buch, das sich mit der Liebe beschäftigt. Gehen Sie diesen Weg weiter und lassen Sie sich von der Liebe überraschen."

„Woher wissen Sie, welches Buch ich gelesen habe?"

„Ich brauche Sie nur anzuschauen und weiß nach was Sie ein Leben lang gesucht haben."

„Nach Liebe?"

„Fragen Sie sich selbst, junge Frau! Fragen Sie sich selbst!"

BUCHEMPFEHLUNGEN

Matthias Hartje

WIE ER ICH WURDE

"WIE ER ICH WURDE" sind Erinnerungen eines jungen Mannes aus einer Zeit, als Er seine Suche nach dem eigenen Ich begann. Es ist der Versuch, sich dem Inneren anzunähern, wo das Er seine Stärke zeigt und das Ich seine Schwäche offenbart. Die Auseinandersetzung des jungen Mannes mit sich selbst löst eine Angst aus, die sich der Wahrheit des Lebens nicht stellen möchte. Doch das Ich möchte an die wahre Identität seiner Kindheit anknüpfen, möchte wieder Kind sein dürfen, auch wenn das Er es ablehnt. Gelingt es dem "Inneren Kind" eine Verbindung zum Ich aufzunehmen und dem Er zu trotzen. Wird am Ende die Liebe zur Wahrheit stärker werden? Wird das Er mit dem Ich in eine Balance kommen, um das erlebte Trauma von Misshandlungen und Gewalt endlich verarbeiten zu können? Lesen Sie selbst!

- **Taschenbuch:** 180 Seiten
- **Verlag:** Books on Demand; Auflage: 2 (13. 12. 2013)
- **Sprache:** Deutsch
- **ISBN-10:** 3732267962
- **ISBN-13:** 978-3732267965

Matthias Hartje

DER VERKAUFTE MANN

„Die Abnutzung von Geist und Körper ist in den gesammelten und undurchsichtigen Genen im Menschen zu finden", schreibt der Autor in diesem Buch und hinterfragt an zahlreichen Beispielen eigener Lebenserfahrung, wie Mann und Frau ticken, was sie im Denken und Handeln voneinander unterscheidet und welche hinterlistige Rolle das Ego dabei spielt. Lesen Sie selbst, zu welchen furiosen Erkenntnissen der Autor kommt und wie er am Ende das Rätsel um den „verkauften Mann" löst.

- **Taschenbuch:** 136 Seiten
- **Verlag:** Books on Demand; Auflage: 1 (29. Januar 2014)
- **Sprache:** Deutsch
- **ISBN-10:** 3735795803
- **ISBN-13:** 978-3735795809

Matthias Hartje

DER SCHWARZE JUNGE

„Der schwarze Junge" ist der biografische Abriss eines Jungen, der im pubertären Alter auf der Suche nach Liebe und Anerkennung eine „dunkle" Seite in sich entdeckt. Mit zahlreichen Episoden bringt uns der Autor ein Verhalten nahe, das der Jugend entspricht, das aufrührerisch, gesellschaftlich abnorm aber auch mutig erscheint. Von den eigenen Gefühlen hin und her gerissen, nicht zu wissen, wo man hingehört, das eigene Zuhause als Gefängnis und die Schule als eine Art „Neurolage Anstalt zur Vorbereitung auf das Leben" zu empfinden, lässt in ihm den schwarzen Jungen zum Vorschein kommen, der sprunghaft und immer bereit ist, sich und seinen Schulkameraden zu beweisen, dass in ihm ein ganzer Kerl steckt. Doch ausgerechnet sein ärgster Feind, ein „König" in seiner Schule, bezeugt ihm am Ende seine Hochachtung und dass mehr in ihm steckt, als er selbst glaubt. Lesen Sie diesen spannenden biografischen Abriss selbst, er wird Sie überzeugen.

- **Taschenbuch:** 192 Seiten
- **Verlag:** Books on Demand; Auflage: 1 (15.11. 2013)
- **Sprache:** Deutsch
- **ISBN-10:** 3732285731
- **ISBN-13:** 978-3732285730

Matthias Hartje

DER VERWELKTE MANN

„DER VERWELKTE MANN" ist quasi eine Abrechnung des Erzählers mit sich selbst, ein tiefgründiger Rückblick auf sein Leben, seine Kindheit, die damit verbundenen Ängste, kindlichen Dummheiten und der fehlenden Liebe durch das Elternhaus. Sein ganzes Leben jagt er einer falsch verstandenen Liebe hinterher und findet keinen Weg seine Ängste abzustreifen, die ihm schon als Kind aufgezwungen wurden. Nur langsam tastet er sich an die Frage heran, wie sein Ego und das innere Kind in ihm auf die Probleme des Erwachsenwerdens reagieren, was er unterdrücken und was er befördern muss. „DER VERWELKTE MANN" bringt dem Erzähler Leid und Schmerzen, aber auch Erkenntnisse, die ihn von seinen Ängsten befreien. Lesen Sie selbst, welch innerer Auseinandersetzung sich zwischen dem Ego und dem inneren Kind eines Mannes abspielt und woraus dieser Kampf resultiert.

- **Taschenbuch:** 436 Seiten
- **Verlag:** Books on Demand; Auflage: 1 (24.6. 2015)
- **Sprache:** Deutsch
- **ISBN-10:** 3739289074
- **ISBN-13:** 978-3739289076

www.poesieundaquarelle.com
Matthias Hartje

Meine Bilder sind Teil einer Geschichte, die erst durch meine Gedanken gehen mussten, bevor sie entstanden. Sie haben meine Gefühle durchforstet, die aus der Farbkraft den Schatten spürte. Ich gebe dem Versuch freien Raum und male sehr konzentriert, um das Unsichtbare sichtbar zu machen. Aquarellstifte erfüllen meine differenzierten Farbkompositionen, aus denen ein Bild seine Aussagekraft bekommt. In mir lebt eine Sehnsucht, aus der ich der leeren Farbfläche ein gewisses Motiv gebe. Ein Motiv, das die verlorene Poesie findet und zeigt, wie es lebt. Es drängt sich in mir eine ständige Unruhe auf, ich folge meinem Gespür einer Farbe wählt, die meiner Fantasie entspricht. Einer Fantasie, die keinen Namen kennt.

AUSSTELLUNGEN & GALERIEN & LESUNG

In einer Vielzahl von Ausstellungen haben die mehr als 1200 Aquarellbilder und Leinwände die Menschen berührt.

 Matthias Hartje wurde im August 1960 in Berlin als Einzelkind geboren. Nach Beendigung seiner Schulausbildung absolvierte er eine erfolgreiche Lehre als Filmkopierer und später als Druckformhersteller. Von 2001 bis 2009 arbeitete er als Wohngruppenfachkraft für Demenz in der Altenpflege. Sein Interesse galt allerdings schon frühzeitig dem Malen. So entstanden bis heute weit mehr als 1200 Aquarellbilder, die die Welt des Autors erklären.

Im Verlauf der Jahre entdeckte der Autor eine zweite Leidenschaft: das Schreiben. Zunächst waren es Gedichte und Erzählungen, die 2012 veröffentlicht wurden. Später begann der Autor, die persönliche innere Zwiespältigkeit bei der Bewältigung des Lebens sowie seine Ansichten und Erfahren mit demenzkranken Menschen in Romanen zu beschreiben und mit seinen Aquarellbildern zu ergänzen. So veröffentlichte der Autor Bücher, wie u. a.: „Demenz-Kinder" (2013), „Land der Kinder" (2013), „Der schwarze Junge" (2013) oder „Das Ekelkind" (2014), „Der verwelkte Mann" (2015) und „Der verkaufte Mann" (2015).

Nach dem Erfolg seiner Bücher sowie zahlreichen Lesungen zu den darin aufgeführten Themen: Religion, Liebe, Angst, Demenz, das Ego im Menschen, Sterben und Leben schreibt der Autor aktuell an einer Fortsetzung seiner Buchreihe. Man darf gespannt sein.